老饕三笔

赵珩 著

生活·读书·新知 三联书店

Copyright © 2023 by SDX Joint Publishing Company.
All Rights Reserved.
本作品版权由生活・读书・新知三联书店所有。
未经许可，不得翻印。

图书在版编目（CIP）数据

老饕三笔／赵珩著．—北京：生活・读书・
新知三联书店，2023.1 （2024.1 重印）
ISBN 978 – 7 – 108 – 07519 – 2

Ⅰ．①老…　Ⅱ．①赵…　Ⅲ．①随笔－作品集－中国－当代
Ⅳ．① I267.1

中国版本图书馆 CIP 数据核字（2022）第 182152 号

责任编辑	王　竞
装帧设计	薛　宇
责任校对	张国荣
责任印制	卢　岳
出版发行	生活・讀書・新知 三联书店
	（北京市东城区美术馆东街 22 号 100010）
网　　址	www.sdxjpc.com
经　　销	新华书店
制　　作	北京金舵手世纪图文设计有限公司
印　　刷	三河市天润建兴印务有限公司
版　　次	2023 年 1 月北京第 1 版
	2024 年 1 月北京第 2 次印刷
开　　本	787 毫米 × 1092 毫米　1/32　印张 8.25
字　　数	163 千字
印　　数	6,001 – 9,000 册
定　　价	59.00 元

（印装查询：01064002715；邮购查询：01084010542）

目录

欲说还休
　　——代自序 ··· 001

春初早韭　秋末晚菘 ··· 001
虾的历程 ·· 007
爆肉炒饼 ·· 014
记忆中的几样冬令小菜 ··· 020
关于白水羊头的记忆 ··· 027
糟溜与糟烩 ·· 032
清粥小菜 ·· 036
酥盒子、炒三泥与核桃酪 ······································· 047
说刨冰 ·· 054
虎拉车与黑蹦筋 ··· 059

红了樱桃　绿了芭蕉 ………………………… 065

槐花饼与榆钱糕 ………………………… 071
唐山麻糖与棋子烧饼 ………………………… 076
三晋面食数平城 ………………………… 081
冬菜与芽菜 ………………………… 087
安徽人的甜咸意识 ………………………… 092
姑胥最忆是观前 ………………………… 097
牛肉锅贴与皮肚面 ………………………… 105
乐清小吃一瞥 ………………………… 111
再到台北天然台 ………………………… 117
约克烤肉 ………………………… 123
巴塞罗那的街边小吃 ………………………… 128

从马肉米粉说开去 …… 133

闲话牛肉干 …… 140

豆苗青青 …… 146

年年红熟见杨梅 …… 151

菌子的世界 …… 155

牡蛎与海胆 …… 161

咖喱饺 …… 168

慕斯、布丁与蛋挞 …… 174

香料琐谈 …… 180

英式下午茶与日式怀石料理 …… 188

说家宴 …… 194

旧京馆子的付账 …… 201

古代与旧时的外卖	207
苏东坡游赤壁都吃了些什么？	214
从前店后厂说起	219
温度与火候	226
耳目之餐	231
话说"食不甘味"	237
重阳的记忆	243
"文化里的胃"	
——怀念沈公	249
后　记	254

欲说还休
——代自序

《老饕漫笔》初版于2001年,《老饕续笔》初版于2011年,又是十年过去了,在出版社和朋友们的督促下,《老饕三笔》终于交稿了。

"老饕"系列本是随意而就的杂文,没有想到出版后居然会有人爱看,大抵都是些馋人,作为茶余饭后的消遣。"老饕"系列从内容到文字都没有什么可取之处,其套路——这里绝对不敢妄言"风格"二字——也还是以饮食为由,东拉西扯,谈些经历过的旧事,偶发议论,也是些无关痛痒的己见。

《老饕三笔》收入了杂文42篇,大多都是些有关饮食的闻见和我经历过的旧事,也会发些议论。人老了,就难免絮叨,且又是不擅逻辑思维的人,也就会出现很多颠三倒四,这些大概比前两本会显得更为突出。因此还要敬请读者谅察。

在我写《老饕漫笔》时,许多文化老人还健在,能够给我指出不少谬误,如今老成凋谢,转瞬之间,自己也成了老人。如果有人问我在写《老饕三笔》时有什么体会,大抵这就是最想说的话和感慨了。

在写《老饕三笔》的过程中，尚喜记忆力还没有衰退，许多亲历的事依稀还能记得，收录的小文中没有丝毫的虚构，也就这点还能以为庆幸。

如今喜欢和关注饮食的人越来越多，这也说明物质生活的提高，于是才希望挖掘更多的饮食素材，以满足口腹之欲者的精神追求。据说，"老饕"系列的读者有各个年龄段的，老年读者多从怀旧的角度阅读，而年轻读者则又想从中获取些闻所未闻的美食知识，无论是从哪种角度出发，我都感到一种荣幸，也真诚地感激读者的厚爱。

我是个生性懒惰的人，极其缺乏勤奋精神。在出版了《续笔》之后，我在三联和中华书局等出版社又出版了几本其他方面的小书，本来想这个题目就此打住，根本没有想到再写《三笔》，是三联同人和朋友们的督促与肯定，才使我将饮食的撰写继续下去。可以说这本小书完全是在大家的鼓励和催促下才得以面世的。

一本书出版，总该写篇小序，欲说还休，但又不得不为之，权当弁言罢。

壬寅仲夏　赵珩　时年七十有四

春初早韭　秋末晚菘

春初早韭，秋末晚菘，最早见于《南齐书·周颙传》。南齐周颙隐居钟山，文惠太子问他蔬食中何味最佳，周颙答称"春初早韭，秋末晚菘"。这里说的早韭和晚菘，其实就是春秋两季里应时而普通的两种蔬菜罢了。

春初的韭菜是最鲜嫩可口的。不过，因我的祖母和母亲都是南方人的生活习惯，所以小的时候在家里很少吃韭菜，饭桌上几乎看不到有韭菜的菜。家里的男佣和女佣都是在外院的厨房里自己做了吃，我有时跑到外院的厨房，看到他们烙韭菜馅儿饼、蒸韭菜馅儿包子，羡慕得不得了。他们也会偷偷给我一个吃，觉得特香。尤其是到了春夏之交，他们喜欢包韭菜馅儿的饺子；虽然以韭菜为主，里面的肉不多，但是我也觉得非常好吃。

到了老祖母家，那就不同了。她是山东人，包韭菜馅儿的饺子不是新鲜事，我爱吃，她就给我包。她喜欢用柴锅贴饼子，偶尔会在棒子面里掺少许韭菜末，再略加少许盐花，贴出来的饼子更香。

我家只有每年吃春饼时才会有韭菜吃，几样卷饼的菜里除了炒掐菜（两头都掐掉的绿豆芽）、炒鸡蛋、酱肘子、炒菠菜、炒粉丝等之外，总会有一样肉丝炒韭菜。

家里吃烙合子，祖母和母亲都是吃小油菜馅儿，从来不吃韭菜馅儿。我实在不爱吃，就跑到外院的厨房，要厨子他们自己吃的那种韭菜馅儿的，而且吃起来没够。

南方人家不吃韭菜馅儿的很多。父亲的老友、原商务印书馆著名编辑家、《辞源》主编吴泽炎先生是常熟人，家里也从来不吃韭菜。他的小儿子久住校，又和同院的孩子们厮混，完全成了北方孩子的生活习惯，一切老北京的东西他都喜欢。后来事业有成，常年驻外，但是每当回京，都忘不了去吃灌肠、炒肝儿，去小馆子来个滑溜肉片之类，寻找那些童年的记忆。他小时候喜欢吃韭菜馅儿的东西，但凡被家里发现，都被禁止在家里的卫生设备如厕，而被赶着到街上去上公厕。

北方的韭菜不值钱，一年三季都能买到，那时没有蔬菜大棚，唯独到了冬季，韭菜就成了金贵物。今天在菜市上常见的蒜黄，也有人误以为是韭黄，但是极少见到青韭这种东西了。几十年前很普通，但也都是"洞子货"，上绿下白，只有七八寸长，很细嫩。因为是冬天里的鲜货，卖得也比较贵。这东西就是为了包饺子在馅儿里俏上一些，比如做猪肉白菜馅儿的饺子，如果俏上两三毛钱的青韭，味道就大不一样了。那时菜摊子上冬天也不摆着卖，是怕冻了，一旦冻了，立时就会烂掉，没人要了。所以都是用白菜叶子卷着，包上报纸，有人要，再打开了论两约。一般没有人会买半斤以上。

这几年，偶然发现这东西又有了，不是在蔬菜店和超市里——在那里是绝对买不到的——而是在年货大集上。当时只有一个摊位卖，好像是河北廊坊的，价格是每斤60元，而且仅在临近春节的腊月十五以后才拿出来。这种青韭都是在暖房里用有机肥培植出来的，整个冬天最多也只能产百余斤。这两年，我与这家卖青韭的混熟了，每年都买她家二三斤，一次吃不了，就用报纸包好，外面再裹上白菜叶子，放到阳台上，大约可以吃到正月十五。尤其是过年时炸春卷，用肉丝、冬笋丝，配上青韭做馅儿，特别鲜美。

她家还有一种名叫"野鸡脖儿"的韭菜，更是金贵了，每斤大约80元到100元。这种野鸡脖儿韭菜只有四五寸长，根部是花红色的，叶子大体如同普通韭菜宽窄，一小把一捆儿。这种韭菜可以炒着吃，但未免过于奢侈了，估计炒一盘野鸡脖儿韭菜没有六七十元下不来。如果是包饺子，倒是用得不多，但是它不像青韭，不能与白菜同包，只能与肉一起，大约各半即可。

南方人吃韭菜多在初春做春盘，也是对春天的企盼。"春盘得青韭，腊酒寄黄柑"，是苏轼在元祐九年立春时所作，写的就是春盘。"韭黄照春盘，菰白媚秋菜"，是黄庭坚写的两种春盘的色彩对比。菰，其实就是我们通常说的茭白，这些都是最平常的蔬菜，但在冬天也算难得了。南方人的春盘并没有将韭菜作为气息浑浊之物，说明南方人也有喜吃韭菜的，只是很少以此做馅儿而已。

苏北扬州、仪征、宝应一带喜欢用韭菜炒长鱼（鳝鱼），但是对韭菜的要求较高,绝对不能用老了的韭菜。长鱼面也是用嫩绿的韭菜现炒活杀的鳝鱼,作为浇头覆在面上,味道极好。很多常年漂泊在外的苏北人,回家总会先去吃碗长鱼面,以解乡思。韭菜毕竟不是什么上档次的东西,却是蓬门闾巷不可或缺的佳味,难怪杜甫说"夜雨剪春韭,新炊间黄粱"。

秋菘就是大白菜。

小时候不懂什么是"秋菘"。记得五十年代,母亲喜欢用做翻译所得的些许稿酬买点字画以自娱。一是那时字画非常便宜,所费无几。二是她有自己的审美情趣,不求名家巨作,只是买些小品观摩欣赏。有次她在琉璃厂买了清代中叶小名家童钰(号二树)的一幅淡墨写意立轴,画的是在土中欲拔地而出的大白菜,用笔古拙潇洒,淡墨渲染,确实很有意趣。画上作草书自题:"晚来珠雨送新凉,几亩秋菘尺许长。莫向人前夸食肉,何曾忘却菜根香。"也确是清代装裱。童二树是浙江山阴人,善画兰竹梅花,宗杨无咎,名气虽不大,但是画作不俗。这幅大白菜笔墨甚简洁,后来在我的房间挂了很久。

这样才知道"秋菘"就是大白菜的雅称。

北方的大白菜以山东产的最好,每年秋天十月成熟之际,会转输南北各地。早先从冬天直到初春,在青黄不接的季节里,唯一能大量供应的就数大白菜了,所以养成了北京人冬储大白菜的习惯。每到十月底,大街小巷都是忙着运送大白菜的人,堪称最有时代标志的一景儿。那时大白菜也被称为老百姓的"看家菜"。如今市场供应应有尽有，几乎没有季节之分，一年中可以吃到各式各样的南北蔬菜，于是每年也就很少有人再储存了。那时每到冬天，很多人家的餐桌上总会有个白菜汤。汤会因生活水平不同而内容各异：生活好些的会做个大白菜粉丝丸子汤或是白菜砂锅豆腐，至于贫苦些的，那就是清水熬大白菜了。

大白菜在北方是最便宜的菜，但是在上海，身价就不同了。大白菜在上海也被称为"黄芽菜"，冬季里价钱并不便宜，有些人家到了过年过节时才肯买棵黄芽菜做个砂锅什锦。当然这是仅指旧时而言。

北京人没有积酸菜的习惯。这些年由于东北文化的影响，酸菜似乎成了很重要的东西。但旧时的北京人，从来不吃什么酸菜锅子、酸菜白肉之类，更没有什么酸菜馅儿的饺子。砂锅居卖的白肉锅子，里面是不放酸菜的，垫底的也是大白菜。

陆游晚年曾自筑菜园耕耘，因以种植白菜为主，所以取名"菘园"。他在《菘园杂咏》中有关乎种菘、养菘、食菘的诗作四五十首之多。"菘芥煮羹甘胜蜜，稻粱炊饭滑如珠"，陆游以此过着恬淡的生活。

北方的大白菜很便宜，家家吃得起，于是也就创造出各式各样的吃法。我对老祖母做的菜团子至今不忘。当年老祖母也一直用着保姆，但却老是用不长，原因是她的要求特别苛刻，少有人能受得了。很多事都是她身体力行，给保姆示范，还不停地教诲。例如做菜团子——用的保姆虽然也是北方人，但是做菜团子很难让她满意，于是她就自己演示给保姆看。我看过她做菜团子，用的是大白菜的帮子，很少用里面的芯子和叶子。拌馅儿用的肉不多，还加入少量的黄酱。皮子是棒子面的，却薄而不散，是不是兑入了白面我不清楚，但是蒸出的菜团子非常好吃，皮儿很薄，味道极好。还要亲自掺蒜泥，加三合油蘸着菜团子吃。自从她去世后我就再也没吃过这样的菜团子了。

余下的精华白菜心，她会做成芥末墩儿。要不就是用蜜饯榅桲——一种单核类似山楂的灌木果实，肉质较硬，价钱高于山楂数倍——拌上切得极细的白菜心丝。冬天作为凉菜，清凉爽口。

早韭晚菘，老百姓餐桌上的寻常菜蔬，不可或缺。

虾的历程

记得上世纪八十年代初,北京的农贸市场还被称为"自由市场"——这个词或许今天的年轻人会觉得很陌生,但是经过那个时代的人,都会有种亲切的记忆。自由市场是最先形成的个体市场经济,极大地满足了社会生活的需求。

那时,许多在国营菜市里买不到的农副产品,在自由市场都能买到,虽然价格略贵些,但总是聊胜于无。

离我家不远的和平西街,有个不小的自由市场,是露天的摊位,但也算是管理有序,不同的农副产品分别经营,大约占了半条街。第一部分是蔬菜,第二部分则是鸡鸭鱼虾等活禽和海鲜,现卖现杀,货真价实。那时的海鲜远没有今天这样丰富,都是些耳熟能详的品种,如鲤鱼、鲫鱼、草鱼、胖头鱼、鳝鱼等,这些在国营菜市里也都有,但是活杀并且给你收拾干净的却不多。我最喜欢吃虾,当时在菜市场里很难见到,和平西街的自由市场就成了买虾的最好所在。

因为经常去那里买虾,于是就和那卖虾的汉子搞得很熟。那人是河北人,身材高大,却好像有严重的鼻炎,说话有齉齉的鼻音。他家的虾质量好，分量足，所以两三年中都是买他的。那时能买到新鲜的青虾，已经不错了。他卖的虾按个头大小分为不同价位。买虾的时候也和他聊几句，我曾问他："现在的虾怎么没有从前的虾好吃了？"那汉子就齉着鼻子嘟囔着说："那是你好吃的吃得太多了！"这句话我一直记着，也时常以此作为检验口味的标准。不过，我后来发现他的话并不完全是对的。

我小时候，家里的厨师买虾很少去菜市，大多是从在胡同里走街串巷的虾贩子手里买。那些普通的青虾与河虾我分不太清楚，不过对虾我可见过，卖虾的多是天津静海等地方的人，据说卖的都是从渤海湾里打捞出来的野生对虾，最大的连头带尾能有八寸到一尺长，都是放在蒲包里卖的，要是你买得多，连整个蒲包都送给你。小推车上垫着冰，一股子腥味，但是蒲包里的虾却是极新鲜的，乌黑透青，但凡要是发红、发粉了就没人要了。蒲包里的对虾都是硬的，卖虾的不许人用手捏虾头和虾身子，否则很快就会腐败。

对虾是按对儿卖的，不用约分量，一般的两毛五到三毛一对，最贵的大约四毛钱一对，那样的就很奢侈了。他们这些虾是怎么从渤海边弄到北京的，我不清楚，估计是从专门的地方趸来的；但是过了中午，胡同里就见不到卖虾的踪影了。

后来，对虾有很多都是在近海养殖了，就连最新鲜的对虾也没有野生对虾的那种味道了。

父亲也爱吃虾。

那时北京最好的西餐馆子是莫斯科餐厅和城里东安市场里的和平餐厅。莫斯科餐厅太远，去一趟不容易。1954年秋天，崇文门东交民巷东口的新侨饭店开业，除了客房，一层的东侧还开了对外营业的餐厅。这个餐厅分为两部分，北侧是中餐厅，南侧是西餐厅。（后来也曾对调过几次，1970年东安市场改造，东来顺还一度搬到这里卖涮羊肉呢。）刚开业时的西餐厅非常好，甚至超过和平餐厅，虽然也以什么莫名其妙的"英法大菜"为号召，但是做得很好，于是成了家里人经常光顾的地方，和平餐厅就去得少了。

商务印书馆和中华书局有一度在和平门外琉璃厂，父亲那时经常是骑车上班，新侨就成了必经之路，于是去得就多一些。我和两位祖母也常去。我记得父亲最喜欢那里的两道菜，一是大虾沙拉，一是奶油口蘑烩牛里脊丝。我则更喜欢那种上面浇了沙司的"法式猪排"。

后来在别处再也没有吃过那么好的大虾沙拉。这种沙拉既不是俄式的土豆沙拉，也不是法式的凯撒沙拉，而是用大对虾切片，再用几小片酸黄瓜，拌上现打的mayonnaise（俗称玛奈斯）搅拌。如今，市场上卖的现成mayonnaise都被叫做什么"沙拉酱""蛋黄酱"，还有香港那洋泾浜的"沙律酱"，其实都不好吃。这种mayonnaise必须是用蛋黄和生菜油（如今叫橄榄油）现搅拌的，大虾沙拉还要再加上一些柠檬汁，才能达到最佳效果。

那虾是极新鲜的，入口居然有些脆嫩的感觉。大虾沙拉属于冷盘，不算是主菜，后来就没有这道菜了。我用现在农贸市场上买的好对虾也做过，但是找不回来当年新侨那种味道。这道菜在新侨西餐部也就卖过一两年。

八九十年代，多次去大连出差、开会，都会独自溜出驻地，到街上的小馆子里去吃顿饭。其实，那时酒店的伙食已经很不错了，溜出去的目的就是吃对虾。大连那时的对虾还算是不错的，但是不是近海养殖的我不敢肯定。

小馆子里的对虾都养在玻璃格子里，分成不同的大小档次；最大的特点是可以论只卖，也是菜单上没有的不成文的做法。就算你仅买一只，也能为你油焖或干烧，这样的服务在别的地方可不多见。这种小馆子在人民路和青泥洼一带都有，八十年代末九十年代初，一对最大的对虾在那里大约是四五十元。我买过两三次，每次买两只，都不超过 60 元。买一对儿对虾，让他们去油焖，再买两个馅儿饼——这种搭配其实可以理解：对虾是为了解馋，馅儿饼是为了填饱肚子，很简单。

大连的对虾也是产自渤海湾，但是口感稍欠缺，略逊于我小时候在北京吃的那种了。

如今的大型农贸海鲜市场都能买到各种大对虾，顾客不大懂，但是卖的人却都清楚，对虾的含义并不包括那些皮很厚的大个斑节虾和养殖虾。从成色上看，很少能再见到那种通体黑亮的新鲜对虾，有些摆放的时间长了，都泛出了粉红色，却也能卖出去。

再说虾仁的概念。

不知从什么时候开始，不管是不是杭派馆子，都卖什么"龙井虾仁"。是不是有龙井茶的参与姑且不论，最可笑的是用的都是冰冻大虾仁，本身就是养殖虾，又经过了冰冻，绝对是不好吃的。端上餐桌，是一盘雪白色、大个头的"虾仁"，一次也就能夹起一个来，上面敷着六七片身份可疑的"龙井"茶叶。最莫名其妙的是不知从何时起，但凡卖"龙井虾仁"，都会配着一小碟醋，要顾客蘸着醋吃虾仁。当年杭州知味观首创这道龙井虾仁时，大概做梦都不会想到居然演变到如今的样子。

有时从网上买些成袋的冰冻"手剥河虾仁"，有上海本地出品的，也有江苏高邮的。从品质上说，上海出品的更好一些。但是这个"手剥河虾仁"的名称就很奇怪，首先，既是"虾仁"，就不存在什么"剥"与"不剥"的问题。已经是"仁"，自然不是全虾，只是里面的"仁"而已。"河虾"一望而知，绝对不同于海虾肉（从来也没有什么"海虾仁"的称谓），那种大个头的海虾肉，只有洋人才吃，中国人很少用在菜肴里。是不是"手剥"，对于品质并不重要，何况到目前为止，还没有那种先进的去头、去尾、去虾线的高精机械呢。

近年常去上海，总会在馆子里要个"清炒河虾仁"，这在北京是吃不到的。不同档次的馆子，虾仁的品质也会有不小的差异，就是在上海普通的本帮小吃店，要个清炒河虾仁也不难。有次做线上和线下同步的采访节目，结束时已经晚上十点，匆匆在一家小店吃些馄饨、生煎之类的东西，居然还有清炒虾仁，尝尝真的还不错，四个人几口就吃完了，于是招呼再来一客，此时店里已经打烊，说什么也不卖了。

最令我难忘的是五十年代中在颐和园里吃过的番茄虾仁。

今天，很多人都会怀念七八十年代在颐和园长廊尽头，石坊附近的石坊餐厅。虽然算不得是什么像样的餐厅，却是在颐和园里唯一能吃饭的地方。虽然总是人多，要排队等候，但却十分实惠，是非常普通的餐厅。再有则是太高端的"听鹂馆"，不是一般大众问津的地方。当年在南湖岛上的南湖宾馆倒是有个餐厅，不过从来就不对外。但是，五十年代中期，在大戏台北面的谐趣园里曾有个餐厅，我曾问过许多人，几乎没有人记得。

当年的颐和园后山很荒凉，于是谐趣园就成了颐和园北面景区的尽头，五十年代中期，那里有些茶座儿，都是很舒适的藤桌藤椅，每到暮春，游客也算是不少的。这些茶座上除了可以喝茶，也卖午餐，品种虽然不是很多，但菜做得却很精致。大约1958年之后，这里就再也没有餐厅了。这种茶座餐厅没有集中的餐室，而是在茶座上就能点菜；也可以先喝茶，后点菜。暮春午阳高照，茶喝得意兴阑珊，要上几样简单的饭菜，再惬意不过了。这已经是六十五年前的往事，但是至今记忆犹新。

那里的鱼虾菜肴很有特色，据说都是昆明湖出产；是否真实，亦姑妄听之。但是当年海淀颐和园四周确是鱼米之乡，"京西稻"就是那里的出产，因此四周出产鱼虾并非虚妄。

那虾仁极其新鲜，从口感即能尝得出来。一般馆子的炒虾仁多是清炒，为的就是展示虾仁的清新，用番茄炒的很少。谐趣园的炒虾仁却有两种，一种是传统的清炒，而另一种则是番茄的。我家炒虾仁也多是清炒，所以特别喜欢这道口感清甜的番茄虾仁。每次与家里大人去，都要吃这道菜。因此虽然时间过去了六十多年，至今仍有很深的印象。这个番茄虾仁口感不是如今的茄汁菜那样甜，是否是用的番茄酱我不知道，但是却有鲜番茄的清香，也不黏滞，吃完了碟子里只留下一些红油。这是我一辈子都没有再吃到过的番茄虾仁。

近几十年来，物质极大丰富，新的品种踵至。尤其是改革开放以来，港粤之风北渐，粤菜的什么基围虾、竹节虾、开边虾，还有日餐的甜虾等名目繁多，但我还是觉得中国传统的渤海湾野生大对虾和新鲜的河虾仁最好，那些养殖的品种无论如何也达不到这样的水平。

对虾与河虾的品种在蜕变，虾，再也不是原来的味道了。

我总是想起和平西街那个齇鼻子卖虾汉子的话——"是你好吃的吃得太多了"，也常常用此话来自省，是我口味的问题？还是虾变了？

结论不得不说，六十多年以来，是虾变了。

爆肉炒饼

大凡是五六十年代在北京上过中学的,大都会记得在学校附近卖炒饼的小铺。无论是走读的还是住校的中学生,很多人或许都光顾过。每到中午放学,炒饼店门口就会排起二十来人的队伍,等着那一盘盘的炒饼出锅,那场景至今记忆犹新。

在北京饭馆的等级中,这种卖炒饼的小铺叫做"切面铺",虽然名称如此,但是切面之外,也会有馒头、包子和现烙的大饼。切面铺一般都没有字号,不挂招牌,每天敞着门卖这些主食。而最大顾客群大约就是放了学的中学生。虽然这种铺子也会有一两个炒菜,如摊鸡蛋、溜肉片什么的,但是对于中学生来说,那就太奢侈了,很少会有人点。除非是逢着某人被同学宰一顿,才会出现这样的好事,并且只要是菜一端上桌,几秒钟内就被抢劫一空。这是偶尔才会有的场面,所以一般情况下都是炒饼。吃炒饼的大多都是走读生,那些住校的基本都是吃学校的食堂,住宿和吃饭的费用是算在一起的,因此住校生很少光顾切面铺。但架不住学校食堂天天清水熬大白菜,实在是寡淡无油,馋了也会偶尔去校门外吃顿炒饼,改善一下。

切面铺的炒饼确实好吃，原因是就地取材。大饼都是现烙的，一边卖整张的大烙饼，一边有专人负责切，两个工序并行不悖。切烙饼的都是熟练工，动作麻利，一张大饼先从中间切开，再切成四牙儿，然后摞在一起切，一会儿就切成细细的饼丝。切好的大饼丝放在笸箩里，方便炒饼大师傅一把一把抓着炒。

炒饼的锅多数是坐在硕大的煤油桶上，里面是炉火。用的炒锅个头挺大，一般一锅饼能出两三份。灶边上放着一摞盘子，炒好了饼一铲一盘。学生们的眼睛会直勾勾地盯着出盘，就怕厚此薄彼，分量不均。这种切面铺的炒饼基本都是素炒饼，没有鸡蛋或肉丝之类，但油是舍得放的。炒熟将出锅时，除了酱油和盐之外，还要撒上点蒜末，这样一来，一盘炒饼就出奇地香，离着老远就能闻见味道。所谓的素炒饼，是要俏上大白菜丝或是圆白菜丝的。不知怎的，就这几样东西，在家里就是做不出切面铺的味儿来。

那时卖炒饼的切面铺并不是按盘卖，而是按量卖的，一般是三两、四两或半斤。我中学一直上的是男校，没有女生。半大小子饭量大，不会有买二两的，至少是三两到半斤。那炒饼的师傅手头准，抓着切好的大饼下锅，分量基本差不多，三两和四两之间都能看出区别。一两炒饼大约是五分钱，买上半斤炒饼，也就两毛五，这样的奢侈对于一般家庭的中学生尚能消费得起。

比切面铺高出一个档次的叫"二荤铺"，顾名思义，荤菜的原料基本就是猪肉和猪下水。同时也卖炒饼的不多，就是卖，也是什么肉丝炒饼、木樨炒饼，价钱就贵了。正经的大饭馆子里是不卖炒饼的，但是也有个别例外。

我从小学三年级开始学习滑冰，但都是三天打鱼两天晒网，一个冬天能去滑三五次就不错，所以一直也没有什么长进，直到上了初三以后，才每年冬天认真去学习花样滑冰。到了高中一年级时，在什刹海业余体校白克诚等老师的指导下，获得了花样滑冰"劳卫制青少年等级运动员"三级证书，于是滑冰的热情就更高了。那时，我已经离开生活了十年的东四二条，搬到了西郊翠微路，和父母生活在一起。但是上学仍在城里。

北京较大的冰场基本是什刹海和北海，因此每天下学后都要空着肚子去那里滑冰。冰场开放是从下午五点半到八点半，加上换冰鞋、存衣服的前后时间，真正在冰上运动的时间也就两个小时多一点，所以十分珍惜，哪里顾得吃饭，都是下课后直奔冰场，饿着肚子滑到终场结束，到这时才会觉得饥肠辘辘。

从什刹海冰场出来，骑车经过平安里到西单，算是回家的路程刚走了三分之一，在西单吃点东西，再向西出复兴门，经礼士路、木樨地、公主坟，才能回到翠微路2号院我的家。

滑冰的日子都是一年中最寒冷的日子，而且那时的冬天要比现在冷得多，一路上能吃饭的地方很少，所以几乎每天都在西单吃点东西才回家。

西单西南边有家清真馆子叫"又一顺",开业较晚,是在几家东、西、南来顺之后,到1948年才开业,因此取名"又一顺饭庄",其实就是东来顺的东家丁德山的买卖。因为选择的地段好,从开业伊始就生意兴隆。后来公私合营,生意一直都不错,除了涮羊肉外,也有爆、烤和许多清真菜肴。三间的铺面,进去就是很大的厅堂,经过过道,里面还有大厅和包间。

西单热闹,因此又一顺打烊的时间很晚,每天晚上九点抵达那里时还人声鼎沸呢。就是三九天,门面南侧的一块也是明档,开着门窗,支上一张很大的烤肉炙子,烟熏火燎地卖现烤的牛羊肉,作料和炙法与烤肉宛、烤肉季别无二致,只是由大师傅操作,不能由顾客自己动手罢了。

大炙子上不但烤肉,也爆肉炒饼,有荤的,也有素的,这种所谓的"素",其实哪里离得开荤腥?只是不放牛羊肉,价格上便宜些罢了。晚上来吃烤肉的几乎没有,都是奔着炙子上的炒饼来的。我记得很清楚,素炒的两毛五一份,而"爆肉炒饼"则要加倍,卖五毛钱一份了。

我每天都会到又一顺要一份爆肉炒饼,坐在大堂里吃,也是在那明档上爆出来的。此时又冷又饿,一份炒饼端上来,简直就是垂涎欲滴了。

爆肉炒饼的量不小,起码有二两羊肉,制作的方法几乎与烤肉宛和烤肉季一样,先抓一把煨好作料(我看到煨肉的作料里略加了少许的糖和卤虾油)的羊肉和葱白、香菜等一起在炙子上爆,快熟时将切好的饼丝和圆白菜丝一起倒入,用锅铲紧忙扒拉匀,马上倒扣上一张大盘子,大约这样压上半分钟,再用锅铲起底一翻,一大盘爆肉炒饼就算得了。我向不吃葱,每次都是看着他操作,生怕他误放进葱去。

因为几乎每天来,后来与那位炒饼的大师傅混得很熟,一见我就说:"四两爆肉炒饼,不搁葱,加点蒜了您呐。"

爆肉炒饼实际上就是烤肉加炒饼,但是这里从不说"烤肉炒饼"而说是"爆肉",我想这是与"葱爆羊肉"有关,葱爆羊肉并不是在炙子上操作的,而是在炒勺里做的,也是清真菜里一道看虽简单,而需要火候和功力的普通菜。后来发展出来的"爆糊"也是同出一辙。不过,葱爆羊肉的湿度比烤肉要大些。但是这种爆肉炒饼出锅很干松,俏上的圆白菜丝刚刚断生,吃着还略有点脆,加上切得大小粗细都合适的饼丝,真是非常好吃。

一周之内起码会有四天去冰场,无论是去北海还是什刹海,回家的路上多数都会路过西单,于是也都会去又一顺来盘爆肉炒饼。

那时晚上也有在又一顺吃烤肉的,虽然这儿比不了宣武门内安儿胡同的烤肉宛和后海河沿的烤肉季,但是这两处在晚上九十点钟早已打烊,有些中年男人能在繁华的西单又一顺来盘烤肉,就着小酒,也是极爽的夜生活了。

对我们这样的学生来说,能在滑冰之后来盘热气腾腾的爆肉炒饼,已经是十分奢侈了。一盘下肚,寒气顿消,浑身都热乎乎的。再骑上自行车，顶着西北风骑上六七站路，也就不在话下了。

后来，我也在家自己试着操作过，但是远远达不到当年又一顺的水平。将近六十年过去了，我一直想着从冰场顶风回家在西单吃的一顿心满意足的爆肉炒饼。

记忆中的几样冬令小菜

旧时生活节奏是很慢的,尤其在漫长的冬天,许多人家都会做一些自制的小菜,一是调剂生活,给冬日里青黄不接的日子添些可口的下饭菜,二是可以节约日常用度,算计着过日子。在今天这样的生活节奏中,很多原有的生活情趣和习惯已经消失和正在消失,年轻人不但没有吃过、见过这些,甚至连名字都没有听说过。

如今喜欢说"老北京",其实,并没有什么真正的老北京,在北京生活过的人都曾是来自四面八方,于是也带来了各地的生活习俗,慢慢地就成了北京的地方特色。另一方面,由于地方物候的不同,许多小菜也经过了入乡随俗的改良,又添加了普通百姓生活智慧的创造,成了日常生活的点缀。虽然是闾巷蔬食,蒲柳之味,但对于很多老年人来说,都会唤起那些难忘的记忆。

冲 菜

冲菜这种东西,今天在北京几乎看不到了,但是在西南地区反而还有，这也是旧时北京很普通的冬令下饭小菜。单是看样子，很多人觉得像是腌制的雪里蕻，其实是完全不同的东西。"冲"，在这里要读四声，而不是读平声。

冲菜的原料就是小青菜，最好是芥菜，因为芥菜天生就带有一种呛鼻子的青苦味道，一旦腌制或焖起来很容易就被激发，转换成辣气。做冲菜最好是选用菜心，有些帮子也无不可，吃着更会有些脆的感觉。做时要将准备好的芥菜事先晾晒几天，然后洗净，最好等它略有些蔫儿了，再切成碎些的小丁。然后烧起一锅开水，要达到100度开沸时，倒入切好的青菜，快速焯过，但是绝对不能放入油盐。时间不能过长，大约一分钟即可，然后倒入一个能保温的盆子里，盖上盖子，四周用毛巾围严实。这样放置一宿，第二天就可以取出食用了。吃多少，取多少，无论是凉拌还是爆炒，略加油盐即可，但是绝对不能焯得过火，半生半熟为最佳。冲菜刚做好，会有一种辣眼睛、冲鼻子的感觉，有点像是刚调好的芥末，却又不一样，但是吃的就是那股子冲劲儿，在青黄不接的冬春交接之际，佐餐下饭，绝对是佳品。

我的祖母虽然基本属于不会做饭的人，但可能与她从小在安徽长大有关，做冲菜的本事倒是有的。因为家里的厨子不会做，所以每次都是她亲力亲为。难得她亲自下厨，但是择菜、晾菜都是厨子的活儿，只有到了切菜的环节，她才亲自上手。沸水焯菜和密封，也是她身体力行。

这种做好的冲菜一旦达到了辣的程度，就不能放在生着炉火的室内了,必须放到屋外。冬天的室外就是天然的大冰箱,吃上三五天到一周是毫无问题的。

冬天,一碟冲菜配着晶莹的大米饭,既爽口又下饭。如今,无论哪个季节都能买到新鲜蔬菜,于是也就没人再做冲菜了。据说在四川、广东和云南都还有,北京几乎已经是绝迹了。四川、云南人也喜欢用油菜花做冲菜,那是因为他们的物候条件,而北方则只能选择芥菜了。

广东顺德人对冲菜的应用更为广泛,我曾在顺德吃过一道冲菜炒牛肉,可谓生面别开,既保留了冲菜辛辣的味道,又不破坏牛肉的滑嫩。在四川、湖南和云南的农村,冲菜也是农家不可或缺的下饭小菜。

如今,冲菜在北京不但普通人家很少会做,市场和餐馆里也是没有的。

辣　菜

辣菜与冲菜虽然只有一字之差,却是完全不同的两种东西。

辣菜也是北京冬季家庭餐桌上一道爽口的小菜,其主要原料就是两样东西——芥菜头和卞萝卜。

卞萝卜是北方产量最多的萝卜品种,也是最便宜的萝卜。在北方的大部分地区,大白菜加上卞萝卜,恐怕就是城乡百姓储存最多的两样过冬蔬菜了。卞萝卜水头远没有水萝卜那么大，冬天里，水萝卜中的"心里美"甚至可以当水果吃，而卞萝卜就远逊于此，身价也就相差甚远了。有的人家也用卞萝卜擦丝做包子馅儿，就是因为卞萝卜水分小，不会出汤。这种卞萝卜甚至比大白菜都要便宜得多。

在辣菜中，主角其实是芥菜疙瘩，卞萝卜只能算是调料罢了。

首先是将两样东西都清洗干净，芥菜疙瘩削了表皮，切成厚片或是块状，然后用清水将芥菜块煮熟备用。再将卞萝卜用礤子擦成细丝。制作的器皿最好是用瓦盆。洗净后，先在盆底垫上一层擦好的卞萝卜丝，然后铺上一层芥菜疙瘩片，如此层层依次码放，直到顶部。最后将煮芥菜的水倒入盆中，密封瓦盆后放置在阴凉处，三四天后即可食用了。开盆后，瓦盆里的萝卜早已成了泥，也是要被丢弃的废料；但是芥菜作为主角独自登场，带着极窜鼻的辛辣味道。这种辣味与冲菜截然不同，是由于其将萝卜的味道完全吸收在其中，给人很不一样的感觉。食用时，可以略加上几滴香油和米醋，又开胃，又解腻。尤其是过春节时吃得油腻，辣菜便是最受欢迎的小菜了。

我家厨子和两位祖母都不会做辣菜，只有我的姑父会。他虽是位内科医生，但祖籍是承德，每年春节临近，他都会做两份分别给我两位祖母送来。这样东西已经有六十年没有吃过了。

记忆中的几样冬令小菜

酥　鱼

酥鱼在今天还能在一些京鲁菜的馆子里见到，但是大多都做得不够地道。

酥鱼也是冬令时节的小菜，原料很简单，就是小鲫鱼和大葱。据说，酥鱼最早始于河北邯郸，北宋时传到周边地方，名为"骨酥鱼"，传说还得到过宋太祖颁旨御封呢。做酥鱼的器皿是无法代替的，那就是砂锅。古代河北磁州窑出产砂锅，因此酥鱼的诞生也与磁州窑有着密切的关系。

北宋南渡以后，做酥鱼的技法也被带到江南，因此在浙江的绍兴也有与此类似的绍兴酥鱼。但是南方的酥鱼与北京的酥鱼有很大的不同，无论做法还是程序都有着极大的区别。这种区别主要是老北京的酥鱼是不经过油炸的，完全是靠焖出来的，而南方的酥鱼却是炸过的。

我的老祖母会做酥鱼，我曾亲眼看她做过。做酥鱼仅选择大约四寸长的小鱼，也是市场上最便宜的小鲫鱼。洗净后仅去内脏，头尾都留着。大砂锅中以整齐的大葱段和少许生姜垫底，上面码放整齐小鲫鱼，然后一层葱段、一层小鲫鱼，码放到距离锅盖寸许。主要的调料就是老陈醋，大约一锅酥鱼需要放入七八两的醋，其余则是少许的酱油、糖、料酒和大料、陈皮、花椒等，都不能太多。待锅开后转小火，这样在砂锅里焖上三四个小时，中途可以开盖，用汤匙将汁水反复浇在鱼身上，但是绝对不能翻动。等到完全凉了即可食用。冬天，做好的酥鱼最好放在室外,吃的时候一条条搛出,每条小鲫鱼都要整齐地码放在碟子里再上桌。

如今有些京鲁菜的馆子里味道做得也还可以,但是选择的鲫鱼过大,虽然上桌好看,但不是味道略有欠缺,就是骨酥的程度稍差。

我小时候喜欢酥鱼,一是那种甜酸的味道,二是绝对不会有刺卡住,对于老人和孩子都非常适宜。虽然从小就不吃葱,但是酥鱼例外,那些葱都挑出来。反正眼不见为净,也是自欺欺人罢了。

豆儿酱

很多人只知道肉皮冻,却不清楚豆儿酱和肉皮冻的区别。

从前生活艰苦,一年能吃到肉的机会不是太多,所以肉皮也是好东西。猪肉皮中含有大量的胶质,如果经过了煮炖,其中的胶质就会融化,味道和肉是近似的,总算是荤腥。

肉皮冻是种很廉价的食物,尤其是下酒,比嚼上几粒花生米更美味。所以北京旧时的"大酒缸"(卖酒的小铺)都预备这样的酒菜。一碟花生米,一碟肉皮冻,能消磨一两个小时。不过也有例外,像我家的大师傅福建祥从来不在那儿泡,二两酒啥也不就,两三口就下肚了。

至于豆儿酱,那就是在肉皮冻的基础上的再加工了。虽然名字里有"酱"字，却与酱毫不相干，只是一种再加工的肉皮冻而已。

豆儿酱里的肉皮切得比肉皮冻里略小些，有的甚至放入少许的碎肉，煮的方法一样，等到煮到一定的火候，撇去沫子，这时肉皮的胶质已经基本形成，再放入黄豆嘴儿和青豆嘴儿、胡萝卜丁，煮到豆子和胡萝卜都差不多了，就算好了。冬天里冷得快，完全冷了后，肉皮的胶质凝固，取出切成小方块。吃多少，切多少，洒上腊八醋就行了。这才是豆儿酱，也是下酒佐餐的小菜。我虽不喝酒，但是也喜欢豆儿酱。

我家没有做过豆儿酱，有时在春节前，有老北京家庭的朋友就做好送来，虽然是非常普通的食物，但总会让我感到一种年意，感到朋友之间的温情。

豆儿酱与肉皮冻没有本质的区别，就是在肉皮冻的基础上加了些辅料，名字就变了；能不能分辨肉皮冻和豆儿酱，也是检验是不是真正老北京的一个标准。

关于白水羊头的记忆

有些食物往往和某些记忆是分不开的，白水羊头就是如此。

我虽然是土生土长的北京人，但是有很多东西在小时候却没有吃过。由于生活环境的原因，又因几代女主人都是南方人，我家吃羊肉并不太多，至多在每年霜降后到东来顺去吃顿涮羊肉，偶尔也买些月盛斋的酱羊肉。夏天到隆福寺内的白魁老号买些现炸的烧羊肉，带着锅，盛回烧羊肉的汤下面条。至于去宣武门内安儿胡同口的烤肉宛与什刹海河沿的烤肉季吃烤肉，不过是很少的几次。

东四牌楼西南角的爆肚满，只有卖古玩的何山药带我去过，家里人是从不去的，因此对羊杂之类的东西都是到了三十岁以后才吃到。至于羊头肉，说起来，就不能不和八十年代初我在南城看戏的事情联系起来。

八十年代是令人怀念的年代，那时正是经历了"十年动乱"后，百废待兴，戏曲舞台再度繁荣。十几年不看戏后，我又迸发戏瘾，几乎天天晚上泡在戏院。

彼时，硕果仅存而还能登台的在京老演员有张君秋、李洪春、李万春、袁世海、李和曾、王金璐、张云溪、张春华、马长礼、谭元寿、王泉奎、李宗义、吴素秋、杜近芳、梅葆玖、赵荣琛、王吟秋、陈永玲等，而外地来京演出的老演员有俞振飞、高盛麟、关肃霜、杨荣环、厉慧良、王玉蓉、新艳秋、梁慧超、殷元和、俞鉴、李鸣盛、何玉蓉、方荣翔、王则昭、李蔷华、毕谷云、李荣威等，至于中年一代更是在被耽误了十几年后有了施展的机会，于是戏曲舞台出现了难得的一片繁荣景象。加上那时昆曲、川剧、秦腔、山西梆子、河北梆子的一些老演员也尚健在，时有晋京演出。天津的京韵大鼓名家如骆玉笙、小岚云、阎秋霞等也偶来北京献艺，于是看演出的机会就太多了。

我那时尚在医院工作，门诊之余，晚上大多是在戏园子里度过的。平时也有不少戏曲界的朋友来医院就诊，看完病后就是聊戏。那时看戏的主要场所是吉祥戏院、人民剧场和虎坊桥的北京市工人俱乐部。其他如前门外广和楼、中和戏院，鲜鱼口儿内的大众剧场、天桥的天桥剧场、西单的民族宫和西单剧场等就相对较少了。常去的三家戏院中，吉祥和人民还算是比较近便的，至于虎坊桥的工人俱乐部，就视为畏途了。尤其是冬天，骑着自行车，顶着西北风，如果没有极大的戏瘾，真是很难有如此勇气。

那时家住和平里，去虎坊桥工人俱乐部看戏是来不及回家吃饭的，总是下班后在外面随便吃点东西就直奔那里。冬天天黑得早，等到七点十五分开戏，天已是全黑了。南城我不太熟悉，只记得那时虎坊桥工人俱乐部的对面胡同口在春秋和冬季都会停着辆小车卖白水羊头，车子上其他任何东西都没有。街上的灯光昏暗，车上仅用了盏很小的电石灯，卖羊头肉的仅靠这点灯光售卖。车上有块不大的案板，从盖着布的钢种盆中取出的成块的羊头肉，就在那案板上当着顾客的面儿片切，手艺娴熟，叹为观止。片出的羊头肉极薄，然后上秤约分量。要多少都可以，就是只买二三两也行。我每次都是买半斤，看着他切，基本都是切下的薄片上秤一约，所差无几。随手把张纸卷成个三角筒，将约好的羊头肉上撒上花椒盐，往纸筒里一倒，动作那叫麻利，一筒香喷喷的现切羊头肉就算完成，递到你手里。

虽然羊头肉并不压秤，但买半斤也不算多。手里举着那像漏斗似的纸卷，吃起来也很方便。过了马路就是剧场，开戏多数是七点一刻，骑自行车到达剧场总会是提前一些，买完了羊头肉进剧场，有时还不到七点呢。那时没那么多规矩，手里拿着吃的进剧场也很正常。我看到有几个人和我一样，也都在对面买了羊头肉举着进戏园子。在正式开戏之前，手里的羊头肉早就消灭殆尽了。

好像卖羊头肉的花椒盐都是自制的，够咸，吃的时候因为不可能有那么均匀，总会有咸点、淡点的不匀之感，但是恰恰是这种不匀的感觉，更能体现出羊头肉的特殊韵致。

虎坊桥这家羊头肉就是有名的李记白水羊头，用的是新鲜的羊头，经过燀毛、燎毛、水煮、剔骨、泡、煮等工序，最后将剔好的羊头肉售卖。羊头肉虽算是下里巴人的食物，但是制作却并不简单。这种羊头要选用一岁半口的、阉割过的山羊，卖羊头肉的一般都是与大规模宰羊的地方联系好，切除的羊头都归其收购。因为一个羊头出不了多少肉，因此这是个很费工夫的买卖。要先将羊头清洗干净，再放入凉水中浸泡，再上大锅里炖煮，最后剔下颅骨，拆掉其他骨头，才能取得净肉。羊头肉包含的部位很多，除了脸子上各部位的肉，如天梯、信子、脸面、羊耳等，也包括了羊舌、羊眼等许多不同的部位。我曾听一位卖羊头肉的师傅讲过，门道太多，名词也各异。卖时片羊头肉要一挺一抹，绝对不能像切肉那样。不过，好的新鲜羊头肉一定是淡粉红、色如玉、薄如纸的。八十年代初我在虎坊桥第一次吃的羊头肉就达到了这样的标准。

李记白水羊头后来有了自己的店面，但是在虎坊桥工人俱乐部对面傍晚出车的小摊子还有，大约持续了好几年。因此，我去那里看戏总是会买上半斤羊头肉，吃着进戏园子。

据说，羊头肉早在清代中叶在京城就很流行了，曾有竹枝词道"十月燕京冷朔风，羊头上市味无穷。盐花撒得飞如雪，羊头切成与纸同"。清末享誉京城的羊头肉是位马姓的业主，被称之为"羊头马"，至今已经是七代传人了。

卖羊头肉用的撒花椒盐的工具很特别，是用掏空的牛角作为盛花椒盐的器皿，大头装入，从牛角尖撒出，非常有意思。有的牛角早已磨得光润圆滑，显见是经过了几代人的传承。作料其实很简单，但是制作花椒盐的方法却有严格要求，必须用大盐和花椒粒一起在大锅里微火焙干，研磨成细粉末，再加入砂仁和丁香粉，混合而成，比例又须恰当。

羊头肉无论冬夏，都要吃凉的，就是三九天，吃上几块薄薄的、冰凉的羊头肉也不会觉得难受，而是会越嚼越香。想想看，骑着自行车，顶着大风，从北边的和平里奔着虎坊桥去看场好戏，还能在开演前嚼上半斤羊头肉，那是何等的享受啊！

大概老北京都喜欢这口儿，当年的金受申先生、老舍夫妇都喜欢吃，谭富英家住在大外廊营，卖羊头肉的每天下午都会去家里送上门。而且，羊头肉并非是北京清真人士的专利，汉族、满族都喜欢这口儿。我小时候并未吃过羊头肉，原因不外乎是两个，一是羊头肉过于下里巴人，二是在内城地区不是很流行。自从吃上了这口儿，真是欲罢不能，觉得比酱羊肉还好吃。

去过西北很多地方，吃的羊肉也不少，如西安辇止坡的腊羊肉、大差市的水盆羊肉、蒜辣子羊血等等，但是却没在西北吃过羊头肉。仅在甘肃临夏吃过一次红烧羊头，与此完全不是一回事。

后来，我一直都很喜欢白水羊头，说是白水，真的是在制作时不加作料，保持了羊头的本味儿。只是现在叫"李记白水羊头"的越来越多，李逵、李鬼真假难辨，从味道和刀工上都无法与我最初在虎坊桥吃的相比。

每次吃到白水羊头，就想起那些看戏的日子。

关于白水羊头的记忆

糟溜与糟烩

旧时的京鲁菜中,尤其是宴席,是少不了糟溜的。清末民国的北京大饭庄子,著名的鲁菜馆子,几乎没有不以糟溜为号召的。从清宫御膳房到市面上的馆子,菜谱和菜单上大都可见到各种糟溜、糟烩的菜肴。不但鸡鸭鱼肉可以糟溜、糟烩,素菜也有不少糟溜的,例如糟溜笋尖、糟烩口蘑、糟烩龙须菜等等。

京鲁菜中使用的是糟卤,江浙菜使用的是糟油,这是南北用糟的最大不同。

在上海、江浙的馆子里要个糟炒鱼片,往往会觉得和北京吃到的糟溜有极大不同。在一般人印象中,江浙口味偏甜,但是南方的糟溜或是糟炒却是完全不甜的,仅有些糟香而已。

明末清初的文学家李笠翁(渔)也是美食家,他的《闲情偶寄》中就有"饮馔部";同时他也酷爱糟食,就连食蟹都是蘸糟油吃的。

南方用的糟油比较清亮,而北方的糟卤则因久经煨制,色泽是浑浊的。过去大馆子里都有自制的糟卤,各有自己的风格。他们的糟溜、糟烩用的都是自己店里的自制糟卤,味道醇厚地道，是一般小馆子里吃不到的。多年来我与全聚德有着密切的关系，因此都知道我对他们自制的糟卤情有独钟，总是在吃完饭临走时送给我两瓶他们自制的糟卤带回家。不过，带回家自己做的糟溜和糟烩总是无法达到人家那水平。

过去京鲁菜馆子里的，许多今天都见不到了，如糟溜鸡脯、糟烩鸭肝、糟烩鸭四宝、糟烩鱼丁、糟蒸鸭肝等。旧时并不是馆子里都卖烤鸭，卖烤鸭的不过是前门外的便宜坊、全聚德，东城的惠尔康等。那些不以卖烤鸭为主的馆子，整鸡整鸭也是少不了的，鸡鸭的内脏更是京鲁菜的一部分原料，如京鲁菜中普遍不可或缺的炸胗肝、炸八块、烩鸭腰、烩鸭舌、烩四宝等。这些传统京鲁菜今天已经很少见了。

有些烩菜也是不用糟卤的，例如烩两鸡丝，用的是一半生鸡丝，一半熏鸡丝，各拆脯子肉切成细丝，用鸡鸭高汤烩制，味道鲜美清淡爽口。现在多数京鲁菜馆子也很少做了。首先是刀工费事，其次是煨制的高汤也要鲜美。

过去惠丰堂有道特色菜——拆烩爪尖和糟烩爪尖，用的是猪蹄子拆出的肉，含有很丰富的胶质，和以野生的张家口口蘑，将烩制的功夫发挥到极致。猪蹄软烂而略有韧性，口蘑味道醇厚，用高汤或糟卤烹制，堪称绝佳。如今也保留了这道传统菜，但是与我小时候吃的已经大相径庭了。

今天丰泽园和同和居的糟溜鱼片和糟溜三白，其糟卤大体味道还不错，但是与糟溜的内容则有些脱节，而且上桌时间略长，其糟汁会泄。

六十年代初，东华门大街路南有家叫"春元楼"的馆子，大体位置在后来的香港美食城那里，谈不上是什么大馆子，但也是一楼一底，还能承包宴席。仗着地段好，许多逛王府井的外地客人去得最多，因此生意特别红火。尤其是中午，总是人满为患。春元楼在北京也只能算个中等的京鲁菜馆，但是品种很多，保持了一部分老派京鲁菜的特色，但是绝对谈不上有多精致。

那时有位比我年长的世交朋友，我们从小在一起玩，他那时在东城灯市口的二十五中上高中，我才上初中，距离王府井都不远，因此常常相邀去那附近的几个地方，一是帅府园胡同的中央美院美术馆，二是八面槽的外文书店，三是东华门的集邮公司。他和我都喜欢看画展，也喜欢西洋古典音乐，至于买邮票，他纯粹是为了陪着我，他是不集邮的。这三个地方的中心，就是春元楼了，因此我们俩经常在那里吃饭。我和家里人从来没去过这个春元楼，大概是他们不屑于去这种馆子罢。

中午的春元楼是很难找到一张空桌的，经常是和别人合着坐一张。我们俩正是大小伙子，每次都是要两个菜一个汤，就着吃两碗饭，总是计算着吃，每个菜划江而治，从中间分开，一人一半，也算公平。春元楼的菜单子很丰富，光是热炒就有五六十个，鸡鸭鱼肉都有，还真是保留了不少老京鲁菜馆子的传统。有个糟烩鸭方，那时别的地方已经很少做了，而春元楼倒是还有这个菜。我们那时也经常要这个菜。盘子里盛的是九块方方正正的鸭方，三三见九，码成个正方形，我还记得，当年我们每人吃了四块后,那最后一块就得抢着吃了。六十年前的往事,恍如昨日,那位朋友也早在几年前在美国去世了。

鸭方是用湖鸭做的,确实是肥而不腻,瘦而不柴,糟味很醇厚。这道菜那时在一些更高档的馆子里也吃不到的。

春元楼还有一样糟烩鸭肝,做得也很不错,是用浅碗盛了上桌的,算是半汤菜。早先,鲜鱼口内的便宜坊有这道菜,因为很少去前门外吃饭,所以很难吃到。其实这道菜也很不容易做好,鸭肝要滑嫩而不砂,口感细腻,糟汁要浓香,但不能像糟溜菜那样过甜,才能达到标准。春元楼虽然只是个中等的鲁菜馆子,却也殊为不易了。

在京鲁菜中,今天糟烩的菜肴已经很少,也就保留了几个糟溜的品种,而在几十年前,就是做京鲁菜的二荤铺,也能做个糟烩里脊丝,半汤半菜,十分可口。我曾问过丰泽园的王义均大师,为什么传统京鲁菜的糟烩菜多不见了?他只是笑笑,摇摇头说,"消失的何止是这些啊"。

春元楼大概在六十年代末就消失了。后来在东四东大街路南开了家鲁元春,大约有两三年时间,因为拓宽马路,又搬到了东四北大街的九条口,维持到八十年代末,大抵就算是个二荤铺的水平,但是价钱便宜且做得不错,因此至今都有许多人怀念它。

清粥小菜

小时候,一生病就被说成是停食着凉,于是正常的饭菜是没得吃了,只能吃一种最难吃的东西——煳米粥。实际上就是剩饭的锅底煳嘎巴熬成的粥。大概是取中医药之原理——焦煳的稻谷能消食积的缘故。这样的日子会根据病情延续两三天,直到完全好了为止。更有甚者,还要再吃上一两天的白米粥。一切油腻的东西都不许吃,最好也就给点肉松之类就着粥吃。我的父亲是洋派,从来都是反对这种做法的,但是他绝对没有话语权。

北方的孩子大抵是不爱喝粥的,而南方长大的孩子则不同,对粥不那么反感。或把粥叫做"稀饭",其实也不大相同:粥是用大米或其他谷物慢慢熬出来的,比较黏稠,北方人也能接受;但是稀饭就要草率多了,剩饭加水在火上热热也就成了。北方人是不大能接受的,或说是不得已而为之。我家阿姨是安徽人,"粥"的音发不好,于是管吃粥叫做"吃猪"。她对这"猪"有种特殊的感情,能熬出大米、小米和各种谷物杂粮的粥来,还要加上什么莲子、核桃、枸杞之类,反正多是她自己喝。

南方和北方历来有物产和生活条件的较大差异,即便是尚属富足的北方人,一碗白米粥就着咸菜就算不错,讲究的人家,酱菜是要到六必居或是天源、天义顺去买,其实味道也不过是大同小异,无非是小酱萝卜、酱甘露、卤虾小黄瓜、酱八宝包瓜之类,顶多再配个咸鸭蛋、一小碟酱豆腐。

但是到了南方人家里,配粥吃的小菜可谓五花八门,实在是太丰富多彩了。

三十年代,稻香春的东家张森隆早在有这家买卖之前就在东安市场内开了家"森春阳",专门卖各式南味食品,不但在东安市场内有店面,同时在东四北大街隆福寺东口以南和东四十一条附近也开了字号。经营的食品是同样的,我从五十年代中期就和家里长辈去过。后来他在东安市场北门西侧开了四层楼的店面,一层就是稻香春,二层以上是森隆中西餐。此后森春阳就不行了,东四这家好像维持到五十年代末就关张了。好在"肉烂在锅里",在1956年以前,都是稻香春和森隆的产业。

森春阳也好,稻香春也罢(北京还另有一家开在西观音寺的稻香春,早在清末民初就已歇业,八十年代改革开放后又被恢复),在其南味食品中有许多是配着粥食用的东西,因为从小跟着家里人去买,所以留下了非常深刻的印象。

肉　松

我在《老饕漫笔》里曾写过《郑宅肉松》一篇小文,讲的是北京西医大夫郑和先家的自制肉松。郑大夫是福建闽侯人，所以做的肉松确实是最好。毕竟人家不是生意，偶尔送来点，也是难得了，因此平常家里用的肉松还是要去稻香春买。稻香春自己不做南味食品，绝大多数都是依靠从南方各地进货，肉松基本都是来自福建。福建肉松有两家久负盛名的老字号，一家是福州的"鼎日有"，另一家则是闽南厦门的"黄金香"了。两家各有特色，但是稻香春基本是采自鼎日有，我不记得他们卖过黄金香。

那些廉价的肉松，多是里面掺了豆面的，肉不好，也没有酥脆感。鼎日有出品的却是货真价实，用料纯正，豆面很少，油汪汪的，色泽呈红褐色，吃到嘴里既酥脆，又油润。稻香春是论斤称着卖，里面先垫层油纸，外面用草纸包，系绳之前总会在上面覆上一张鼎日有单家自号的红纸，表明是正宗出品。

这种肉松买回家是要立即装入铁罐或玻璃瓶中的，不然就会"走油"或变哈喇。每逢喝粥，会事先盛出来一小碟，不够再从罐子里添加。就着白米粥，滋味好极了。这种我印象中的福建肉松已经很难见到了。在美国圣何塞小住时，妻妹小融给我们介绍了一家私人卖肉松的人家，只是自家做一些，没有店铺，有愿意买的去他家里。我们抱着很大希望去的，看着不错，价钱颇高，但买回来，尝尝味道也是失望。

稻香春也卖另一种肉松，那就是江苏的太仓肉松，这种肉松样子很像是砌墙的麻刀，看不到什么油，十分松散，吃到嘴里，就会变成个球，很有韧性。很多南方人家喜欢，觉得不油腻，但是我家很少买。近些年来，我发现这种太仓肉松使用得倒是很广泛，有些点心上也敷上了这种肉松，甚至台式的粢饭团中也加了这样的肉松。

厦门的黄金香原是在当街的作坊中炒做的。不知是不是因为扩大了生产，品牌这几十年有很大的退步。前些年我曾在鼓浪屿买过一些，回家尝尝也不是原来的味道。今年特地让一个年轻人在福州替我去寻最正宗的"鼎日有"，人家倒是很老实地答复他，说是目前福州地道的老店只有两家了，那种老式的肉松不做了，而接近原来那种的却被冠以"肉酥"之名，真是十分可笑。

虾子鲞鱼

虾子鲞鱼也是南方人吃粥时离不开的佐菜，北方人知道的不多，但是在南方却很受青睐。鲞鱼是海中的鲙鱼，鳞片大而晶莹，产于近海，肉颇肥美，雌者为佳。除了用油煎吃鲜的之外，还可以用腌制的方法。有一种是用糟的办法，将腌制过的鱼泡于甜酒酿中。过去像稻香春这样的南货店，多是放在很大玻璃罐中出售，其中的酒酿和白鱼几乎是平分秋色，买糟鲞鱼时，会给你盛上一大勺江米酒，使买回家的鲞鱼可以保持不变的糟香气。

而虾子鲞鱼则不同了，完全是干的，鱼的外面有一层赤红色的虾子，味道醇厚而甜，非常浓郁。苏州一带直到沪上，对此都是特别青睐。苏州的观前街老字号"采芝斋"和"叶受和"都有成盒的销售。这东西一次吃不了多少，如果不是为了送人，买上一盒自己吃能吃许久，放在冰箱里一两年都不会变质。每当吃粥时，佐以一些虾子鲞鱼，立时会口中生津，食欲大增。

旧时北京卖虾子鲞鱼的绝对不止稻香春，很多南货食品店如东城的宝华春，西城的桂香村都能买到，只不过北方人问津的很少，吃不惯那种甜咸都到极致的味道。南方人吃东西精细，一条三寸长的虾子鲞，就着粥最多吃完半条。几年前从苏州的叶受和带回几盒包装精致的虾子鲞鱼，以为会放上好久吃不完，没有想到，真有那么几个识货的亲友，一下子就被劫掠一空了。

醉　蟹

醉蟹也算是南货，很少有人在家里自己制作，似乎是犯不上如此。

醉蟹在稻香春这类的年货店里也有售，使用的蟹个头都不大，不像秋季吃螃蟹，蒸上一笼，有团脐，有尖脐，大快朵颐。醉蟹是既可下酒又可佐粥的佳品。

醉蟹最早起源于江苏兴化，实际上是怕卖不掉的螃蟹变质。用生蟹加上绍酒和糯米浆煨制，保证了生蟹不会腐败。这个做法起源于明代初年，是兴化童氏初创，后来童家从兴化搬到了苏州，而制作醉蟹的作坊却仍然保存在兴化中堡镇。据说那个砖木结构的明代作坊至今还在。童氏从第二代传人开始，创立了"童德大"醉蟹的品牌，到现在的第十七代传人，已经有五六百年的历史了。一说到"童德大"的品牌，自然是货真价实，远播大江南北。我小时候看到北京稻香春卖的"童德大"醉蟹都是放在柜台后面的小瓦瓮中出售，都是圆脐的母蟹，为的是吮吸蟹黄，味道尤其鲜美。也有些是现成瓶装的，里面的蟹比较小。

醉蟹必须用上好的绍兴花雕，绍酒的档次与醉蟹的好坏有着极大关系。

吴中与越乡的醉蟹多有不同，绍兴冲斋居士的《越乡中馈录》称：

> 九十月间，购湖蟹，略揭其脐，纳盐一撮，放入瓦坛，随灌黄酒、酱油、花椒，密盖之，放空屋内，最忌晚上灯火，否则壳内起沙。隔二三日，加白矾水一碗，则壳不韧。此为寻常醉法。其上者，以红腐乳卤加酒重盐。吴人醉蟹，皆以酒酿或加糖，故味多甜，嗜好不同也。

黄泥螺

所谓黄泥螺，就是醉螺，以上海的"一只鼎"最为出名。

过去并没有"一只鼎"这个品牌,我小时候吃到的黄泥螺大多是"童德大"的产品。在旧时的上海话里,"一只鼎"并不是好词,一般是指流氓帮会中的老大或是最有本事的人,后来才被广泛使用,喻为"最棒的""最出色的"。上海的"一只鼎"创业于九十年代初,以糟醉食品为主,也经营传统南味糖果,如南枣核桃糕之类,深得南方人的喜爱,产品远销港台和海外。我在美国,以及中国台湾、香港的超市里都见过瓶装的"一只鼎"黄泥螺。

黄泥螺这东西有些饭馆也会自己做,但是弄不好或是味道寡淡,或是洗不干净有些"牙碜",因此多是选用"一只鼎"的出品。

黄泥螺吃的方法很简单,只要放在嘴里稍稍吮吸,螺肉就会从壳中脱出,壳肉分离。醉得好,味道浓郁,无论是下酒还是佐粥,都是极好的,令人食欲大增。黄泥螺放很久也不会变质。

吃粥大抵是没有什么滋味的,伴着几个味道醇厚的黄泥螺,立时会口舌生津,马上就觉得大不同了。

云南大头菜和广西冰糖酸

云南大头菜在北京享有盛名至少两百多年,像六必居、天源、天义顺这样的大酱园子也少不了这个品种。至于原料是从云南进货自己腌制的,还是云南的出产,就不得而知了。

云南大头菜又叫"黑大头",也叫"黑芥",味道醇厚,比北方的芥菜疙瘩好吃多了。另有一种叫"玫瑰大头菜",产自云南通海,腌制配方采用云南本地的香料,色泽光亮,有股浓郁的玫瑰香气,比普通大头菜味道偏甜,滋味也更悠长。

这两种大头菜都可以切成丝佐粥,如果切成细丝后炒肉丝,也是十分下饭的菜。吃粥时,可以将切成细丝的大头菜稍加米醋和香油拌了,那就更相得益彰了。

湖州的"南浔大头菜"在北京也是久负盛名,这种大头菜的颜色不像云南大头菜那么黑,而是金黄色的,略带甜口,没有云南大头菜的味道那么厚重,也要脆得多,就是不佐粥,也能吃着玩儿。

这两种大头菜在北京的大酱园子里也都有售。

广西的冰糖酸很多年没有吃到了,今天在北京已经很少有人知道。但是,前几年应邀去广西的桂林和南宁时,在街头还能看到有摆小摊子售卖的。网上有人教授做的,看看都不地道,远不是从前我在稻香春买的那种,倒是很像四川泡菜。

直到 70 年代,稻香春柜台上还有卖广西冰糖酸的大玻璃罐子,里面盛的冰糖酸都是从广西采购的地道产品。彼时我尚在医院悬壶,有个姓武的师傅是稻香春的老售货员,经常找我看病,他对稻香春南货的采购历史很清楚。那个年代没有网络订购,都是稻香春派采购员去南方各地订购,签订合同后,由各地按时发货,因此卖的都是原产地的东西。冰糖酸的主料是甘蓝、芥菜、莲藕、白萝卜、莴苣、芹菜等等，腌制的作料大概不外是盐、冰糖、小米辣、白醋之类，也有些红色的辣椒面，和今天网上看到的不太一样，色泽较深，没有四川泡菜那样清爽，但是味道却更醇厚。这样的冰糖酸已经很多年没有吃过了，似是广陵绝响。

平湖糟蛋

平湖糟蛋历史悠久，曾被列为进贡的贡品，产自浙江嘉兴的平湖，是采用平湖养殖的鸭蛋，经过糯米和酒糟渣滓煨制而成。经过较长时间的煨制，鸭蛋的外壳逐渐变软，食用时，轻轻用筷子捅破蛋壳，即能挖出蛋白和蛋黄，合着酒糟一起食用，味道非常鲜美。这种糟蛋万不可加热蒸食，那样就索然无味了。

最后一次在北京买到平湖糟蛋大概是在九十年代初，是在灯市东口路南的稻香春店里，那时还是老传统，糟蛋也是盛在大玻璃罐中卖的，要多少，售货员给你捞出来，放在秤上计量。此后，再也没有在北京买到过。问问售货员，大多听不懂是什么，有的老售货员知道，回答"早就不进货了，没人吃，卖不出去"。

好在前年嘉兴的古砖研究专家邵嘉平兄特地从嘉兴寄来了两瓶糟蛋，每瓶都装有五六个糟蛋和糯米酒。毕竟是原产地的出品，完全是老味道。以此佐粥，也是难得的佳品。

广东油浸龙虱

这样东西多数人望而却步是不足为奇的，完全可以理解。我小时候对这样东西也是很害怕，不敢问津，后来吃了，却觉得鲜美无比。

当年东安市场的稻香春柜台上也摆着盛油浸龙虱的大玻璃罐子，里面装着黑褐色的像土鳖一样的东西，却很少见有人买。后来家里有位广东朋友送了一盒，尝尝才知道真的很好吃。

龙虱又称水鳖，入药多称"劳泽"，属于昆虫纲鞘翅目，既可入药，也可以食用。不了解的人多认为就是常见的土鳖，于是想想都恶心。这种龙虱多生长在沼泽里，能游会飞，善于捕捉水生小生物。近些年来，也有许多是人工养殖的。在药理上，龙虱入肾经，具有补肾作用，可以抗衰老。

当年稻香春卖的油浸龙虱是先经过油炸，再用作料煨制，味道非常独特，口感略酥，滋味鲜甜厚重。龙虱原是有翅的，但是加工后都没了翅子，只是光光溜溜一个躯壳了。吃完龙虱后，嘴里还会留下悠长的味道。

"广东人什么都敢吃"，此言不虚，但是有些东西确实很好，也就不能一概而论了。

有些人将"吃粥"说成"喝粥",似乎就有些煞风景了。"喝"与"吃"一字之差,却大不相同。"吃"是需要许多东西来陪伴的,于是就会有很多的讲究。我年轻时最不喜欢吃粥,但如今年过古稀,胃口有了变化,尤其是晚上,一碗青浦稻米的白粥,哪怕就是配一碟开平腐乳、一碟福建肉松,也会觉得是十分"落胃"的。

酥盒子、炒三泥与核桃酪

旧时饭庄或是有名的大餐馆，宴席都有一定的规格。有些是虚应俗套的成例，如当时的海参席或是燕翅席，除了冷盘和主菜、大件、汤菜等之外，都有什么"四干果""四鲜果""四蜜饯""四看果""四压桌"等。这些东西，绝大部分是无人问津的，怎么摆上来，怎么撤下去；然后可能再在下一桌席面上出现。一桌宴席，客人到的时间或有先后，早到的无聊，略用些干果、蜜饯倒也是有的。至于那些点心八件、黄白蜂糕等，基本上也是无人动的。话剧《天下第一楼》中有一段人艺老演员林连昆扮演常贵的报菜名，上来就说"今晚的菜是这么给您掂对的……"，接下来就说了那些摆下的果盘，然后才是各色主菜，非常真实地再现了旧时馆子里堂头的形象。

最近有位年轻朋友买到了一张大约是1928年的北京堂会戏单，除了剧目演员之外，还特别注明"外串带灯"四字，年轻人不懂，也不懂"外串"和"带灯"的含义，特地要我另纸写了一张跋注。

旧时"外串"即是外邀演员参加堂会演出。如果是整个戏班都去,则叫做"整包",价格稍便宜,因为"角儿"和"底包"都有收益。其次是"分包",也就是仅邀主演,次要演员、上下手和文场都不邀请,这样,整个班底一天就没了饭辙,所以价格就会不菲了。"外串"则指临时承应而并非在戏班的职责或应分的工作。坐科学习的未出科演员承应堂会,也可以叫做"外串"。至于"带灯",则是演出时间至晚的界定,这张戏单大约有二十出戏,就以每出戏不到一小时计,整个堂会演出没有十五六个小时是下不来的,所以要标明"带灯"。

凡是"带灯"的堂会演出,一般从上午十点多开锣,要到午夜方能结束。既然"带灯"这种形式的演出成为一种成例,因此也有固定的规格,预先"公事"都要谈好。但凡是"带灯",办堂会的主人家必须管两顿席面和一顿点心。民国十七年(1928)以前,北京堂会极其兴盛,几乎每晚都会有举办堂会的宅门或饭庄。那时饭庄子里最贵的燕翅席大约16元到18元一桌,海参席大概8元到10元一桌,至于鸡鸭席,仅要6元一桌。一般演员吃的多是鸡鸭席,大角儿就另当别论了。至于中间的一顿点心,也是有成例的,一般是大小八件,荤素包子、黄白蜂糕等。

当年谭鑫培一场堂会的价钱或可达七百银元,加上文场、底包等的"脑门儿钱",大约八百银元之数。所以,要是办一场名家云集的大型堂会,加上吃喝其他,非两三千银元不可,相当于一个小学教员一百个月的薪金。如果是吃燕翅席,也可以办上一百桌不止。自1928年以后,北京那种借用大饭庄子或宅门的堂会逐渐消歇，那些落伍的老饭庄子也从此时起江河日下了。

普通的饭馆甚至是冷饭庄子，除了一般宴席固定的规格，最后也会有两三道点心，那就比较一般了，例如什么水饺、包子、汤面等，并无特色可言。有些著名的大饭庄子则都会有自己的拿手点心。这很像西餐中最后的尾食，如蛋糕、布丁之类。在老式的饭庄逐渐歇业后，代之而起的是新型而有自身特色的馆子，如开设在西长安街一带的"八大春"，其中多经营苏帮菜和淮扬菜，也有个别湖南菜和川菜馆，都以特色见长，突破了旧时那种程式化饭庄子里的出品。

辞书学家、北京学人刘叶秋先生，生前曾多次和我谈到前门外煤市街的致美斋。若论其历史，甚为悠久，早在三十年代就见于晚清谴责小说、欧阳巨源的《负曝闲谈》了。后经几度兴衰，从姑苏菜转营京鲁菜，仍保留了些苏帮特色。好像一直到五十年代初才歇业；刘先生家一直住在珠市口一带，所以常去致美斋。至于今天的致美斋，则是八十年代以后又恢复的了。刘先生盛赞致美斋的萝卜丝饼，说后来吃到过的无出其右者。这种萝卜丝饼其实也是致美斋的饭后点心。当时西长安街上的"八大春"也各有点心绝活儿，我小时候吃过已经搬迁到东四牌楼以北的四如春做的银丝卷，这种银丝卷不同于今天卖的丰泽园银丝卷，是面皮里包裹的"银丝"，而是样子如同小花卷，稍一抖落，就会散如银丝，微甜，还有股香油的味道。前些年，曲园酒楼也曾做过，已经难与当年四如春的相比，最近几年也不做了。

春园和同春园都是苏帮菜，饭后的点心有酥盒子，很多人吃春园与同春园都会叫上一两种不同的酥盒子。这种酥盒子都是用清油和面，制成起酥的壳，多是在烤炉里烤出来的。形状或是圆的，或是半圆，边上都捏出花边，样子很漂亮；有的上面还点个红点，或是放上一小片香菜（芫荽）叶子作为装饰点缀。馅子有甜有咸，甜的多是枣泥、豆沙、玫瑰，咸的多是猪肉、牛肉、萝卜丝等，或是素馅。这些苏帮菜馆子里的酥盒子十分精致，大约就像上海绿波廊的出品。三十年前吃过绿波廊的眉毛酥，是三丝的馅子，在北京那时就叫做酥盒子。

稍后的东安市场北门森隆也是苏帮菜，很精细，他们发明了一种接近西式的酥盒子，用的是鸡肉口蘑的馅子，西法调制，非常受欢迎。

旧时街上也有卖酥盒子的，由于没有烤箱，很多是用油炸的，吃到嘴里很油腻，与真正的酥盒子完全不是一回事了。

北京那时的苏帮菜馆令人耳目一新。苏帮菜既不同于上海本帮菜，也有别于淮扬菜，是以南京、镇江、苏锡菜为主，如镇江肴肉、松鼠鳜鱼、响油鳝糊、菜心狮子头等，享誉京城，生意日隆。春园歇业后则由同春园继承了其特色，先在西长安街，后来在西单西南角上开了新店，成为苏帮菜的代表。

同春园有道甜点叫"炒三泥"，是用枣泥、山药泥和蚕豆泥三样拼装在大盘子里，形成黑、白、绿三种不同颜色的组合。餐后端上桌子，非常夺人眼球；然后将一碗调好的透明芡汁浇在表面，晶莹剔透，大家会发出一片赞叹，继而搅拌均匀食之。这道菜之所以叫做"炒三泥"，是因为三种原料都是用板油炒过的，今天做的时候多以改良，有的甚至是蒸出来就上桌，其味道就大打折扣了。用猪板油炒的"三泥"，并不油腻，却更显出三种不同原料特色——枣泥的甜腻、山药的淡爽和蚕豆的清香。最后浇上用藕粉、桂花调制的糖汁，更为爽滑，口感极佳。

为了商业噱头，也叫"蜜炒三泥"，其实里面是不放蜂蜜的。三种原料各有不同，调和后更佳。后来有的馆子也效法，但都没有同春园做得好。旧时没有如今这种打泥的器械，因此有的馆子用豆沙替代蚕豆泥，那就差得太多了，一是色泽没有了效果，豆沙、枣泥颜色都差不多，二是缺了蚕豆的清香。

我家自己也做炒三泥。母亲总是在春节家宴后预备一道炒三泥，冬季蚕豆不易得，于是就改良用了山楂泥，其实就是用山楂糕（北京叫金糕）捣成泥，这样色彩就变成了黑、白、红三色，只是山楂的酸与枣泥略有近似，还是不如蚕豆泥。而且有人不喜猪板油，也就逊色了。苏帮菜离不开猪板油，炒三泥的妙处也在于"三泥"都是分别炒过，如此才能更香甜。炒三泥看似简单，其实工艺过程复杂，非此，则达不到效果。

核桃酪也是一道饭后甜点，始创于早年的玉华台饭庄。

其实当过北平市长的周大文并非玉华台独资的东家，玉华台是他与马氏兄弟在东城八面槽锡拉胡同共同开的，经营淮扬菜。彼时京城名人踵至，生意一直好得很，即使是从南边来京的客人也会被邀去品尝。周大文自张学良主政华北五省时，就分任京津要职，与北京政府旧人也十分熟悉。周喜美食，擅烹饪，也是梅派票友，后来在东华门还开过一家餐厅。我的外祖父与周大文很熟悉，我记得小时候与外公去的已经不是东华门那里，而是在东单三条西口路南的一家馆子，似乎叫做"鑫记"。每次都是周大文亲自下厨，尤其是鱼丸汤，做得极好。晚年的周大文我还清楚地记得。

玉华台最好的时段我没有赶上，只是在五十年代中期才去过；后来在西单就地方狭小了，已不能和当年同日而语。玉华台最擅长鳝鱼菜肴，一样黄鳝，能做出清炒鳝丝、爆鳝片、烧马鞍桥、炖生敲、软兜带粉、炝虎尾等十来样菜品，在北京别无他处。三十年代以来，北京的江南菜主要分为苏帮菜和淮扬菜，玉华台是淮扬菜中最具代表性的。

梁实秋先生在《雅舍谈吃》中专门写过玉华台的核桃酪，可见当年玉华台的核桃酪给多少人都留下了深刻的记忆。

其实，自从三十年代起，我家几任淮扬厨子都会做核桃酪，如许文涛和沈寿山分别是淮阴、扬州人，后来又传授给我的祖母、母亲，如今内子和我家阿姨也会。

核桃酪的原料其实十分便宜，无非就是三样东西：核桃、枣和糯米，只是需要工夫和耐心罢了。北京地区不缺核桃，饱满的好核桃仁先用温水泡过，慢慢将核桃仁内的油皮剥净，仅留雪白的核桃仁，然后磨碎。枣要用山东乐陵的小枣，而不能使用山西大枣，否则口感会发酸。去皮去核，仅用枣肉。糯米泡过后用水磨研磨。别无其他，其实就是工夫钱。

我家如今的核桃酪也偷工减料了许多：糯米粉仍是江米泡过，但与核桃用的都是粉碎机。虽如此，香气还是不减的。

核桃酪的做法是：三种材料比例适当，慢火细熬，待核桃和枣发出混合的清香，加糖，再慢慢小火熬一会儿即可。至于甜度是可以自行调配的。如今的淮扬馆子多不做，主要是成本虽低，但是极其费工，得不偿失。但是，玉华台当年曾以一味饭后甜点核桃酪招来了多少食客。如今有些餐馆也做核桃酪，多是有名无实，或是比例不对，或是加工粗糙，都很难达到当年玉华台的水平。

说刨冰

刨冰的历史可谓久远,据说起源于宋代。但是对冰的利用,或可远溯到春秋战国时期,《周礼·天官·凌人》就有"祭祀供冰鉴"之说,《吴越春秋》也曾记载"勾践之出游也,休息石台,食于冰厨"。吴越都在江南极热的地区,酷暑难熬,自然是要想方设法消暑的。从出土的青铜冰鉴看,造型极为讲究,口大底小呈方斗型,冰鉴内挂锡,下面还有小孔可以渗水,设计得十分科学。

冬季冰易得,而夏季有了储冰的器皿,也就能将冰做短期的贮存,消暑降温,储存新鲜的瓜果。但是将冰直接食用,似乎没有更多的记载。直到《宋史·礼志》才有了明确的规定,每到伏日,给权位极高的重臣赏赐"蜜沙冰"。这种"蜜沙冰"到底什么样?有人根据《武林旧事》和《梦粱录》开始有了关于豆沙的记载,认为是将豆沙与冰搅拌在一起。我觉得这个说法是靠不住的,这是把"沙"误解为豆沙,实际上说的是细腻如沙的刨冰,而不是指冰与豆沙的搅拌。

"蜜沙冰"实际上就是将细腻如沙的刨冰,拌上蜜糖和果汁,这样才能清凉解暑。如果是将冰与豆沙搅拌，既不好吃，也起不到爽口解热的效果。大概，这就是比较正宗的原始刨冰了。

明清大内里已经有专门做刨冰的膳房，制作细如冰沙的刨冰以供宫中食用消暑。至于民间，每到夏季大街小巷中会有"打冰碗"或"打铜盏"的，推车沿街售卖冷饮，既有自制的酸梅汤和粗制的冰激凌，也有雪花酪。粗制的冰激凌是装在江米碗中卖的，除了冰激凌，那江米碗也能吃，穷人家的孩子难得能买个冰激凌吃，于是那个江米碗也不会放过。再有就是雪花酪，价钱更便宜，五分钱就能买一大碗，不过是不提供江米碗的，需要从家里自己拿来容器，贩子会从大木桶中抓上一大勺，浇上鲜艳的果汁。在清人《都门杂咏》和《清代北京竹枝词》中都有不少关于雪花酪的记载。

听父亲说，三十年代初，家里买过一个美国出产的电冰箱，后来发现父亲每天去吃冰箱里的冷食，吃多了闹肚子，于是家里一怒之下就给卖了。我小时候家里没有电冰箱，只有一个土冰箱，从端午节后就每天有人送来天然冰，到秋分时才停用。直到八十年代，家里才有了真正的电冰箱，我和父亲就把放冰箱的小厅戏称为"饮冰室"。

小时候家里是绝对不允许买走街串巷"打冰碗"车上的冷饮的。我对那些粗制的冰激凌和酸梅汤倒是不感冒，唯独羡慕不已的是那雪花酪。看着别的孩子吃，垂涎三尺，可惜终没有尝过雪花酪的味道。

旧时没有刨冰机，那些刨冰都是人工刨出来的。使用的冰比给我家装冰箱的冰干净得多,但最好也不过是井水或是自来水冻成后加工的,卫生是绝对谈不上的,这也是家里不允许买的原因。

后来,我想出一个办法,每逢冬天,我在晚上就把准备第二天早上喝的牛奶,事先加了糖,放在玻璃杯里,拿到窗户外面去冻着。这是必须掌握好时间的,时间短了冻不好,时间长了,则会连着玻璃杯冻炸了,什么也吃不成。那时冬天冷,只要掌握好时间,总会做成一杯带着冰碴儿的牛奶,稠稠的,吃在嘴里像冰雪一样痛快。直到年逾古稀,还能在午夜临睡前来杯冻牛奶或冰激凌。

上了初中,自由度就大了,也有了几个零用钱。夏天,放学途中会路过一家冷饮店,除了汽水、冰棍、雪糕、冰激凌之外,也买店里自制的刨冰,价钱远比走街串巷的雪花酪贵,一份要一角五分,不过量是很大的,一份吃下来,即使是三伏酷暑,身上也会有点打哆嗦。吃的时候嘴里会发出咯吱咯吱的响动,吃完一大盘后,嘴唇都有点发木了。我一直以为,这样的才叫刨冰。后来,随着物质生活的提高,各种冷饮品牌令人目不暇接,像刨冰这种粗鄙的冷饮也就很少见到了。

直到后来去东南亚,那里的冰霜或冰沙却颠覆了我对刨冰的认知。

可能是冰沙机械的改进,东南亚国家的冰沙做得非常细腻,真是状如洁白的霜雪,吃到嘴里绝不会发出响声,于是想起了宋人所说的"蜜沙冰",或许大抵如此。东南亚酷热,冰沙非常受欢迎，商厦和街头都有售卖，大同小异，没有什么区分。这样的冰沙入口即化，但是浇头却不单单是果汁，这些配料几乎占了一份冰沙的二分之一，这与我小时候吃的刨冰是截然不同的。

北京有家常去的泰国餐厅，叫"暹罗泰"，他们家的冬阴功汤、虾饼和黄、红、绿咖喱的菜都很地道，因此每隔几个月总会去一次。这家的冷食甜品一直有芒果冰沙和红豆冰沙，尤其是芒果冰沙，分量极大，堆如宝塔，上面淋上稠稠的芒果汁，四周点缀上各种水果小丁和颉力冻（今译琼脂），一两个人是很难吃得动的，最好三四个人同食，颇为过瘾。不过，我仍然很怀念小时候放学后吃的那种粗刨冰，喜欢那种吃到嘴里发出咯吱咯吱响动的刨冰。

几年前，应作家陈建功先生之邀，同赴广西北海参加一个活动。规模不大，形式也很宽松，不过应邀的多是当红的年轻作家、文学才俊，我仅是滥竽充数，混迹其中罢了。陈建功先生是地道的广西北海人，虽然很小就到了北京，但北海毕竟是他的故乡，于是非常热情，极尽地主之谊。到达后午饭，饭后即由建功先生带领去逛北海老街。

北海老街名叫"珠海路"，旧名叫"升平街"，大约有二百年的历史，沿街全是二至三层中西合璧的商业建筑，融合了英、法、德的各种风格。临街两边墙面的窗顶多为拱券结构，拱券外沿及窗柱顶端都有雕饰。临街的骑楼一直延伸开去，人们行走在骑楼下，既可遮风挡雨又可躲避烈日；骑楼的方形柱子粗重厚大，颇有古罗马建筑的风格。

建功先生很热情，自任向导，首先将我们带到街口，在一家卖水果和果汁的铺子边停下来，介绍一种广西特有的水果——百香果。他说自己也有好多年没吃过了，每次饮百香果汁，都会引起童年的回忆。我们这队人马大约有十五六位，对小店老板来说也算是笔大生意，于是态度十分热情。建功先生请客，每人一大杯，但是百香果放在搅拌机中却要一杯杯地做。大概由于年龄关系，第一杯百香果汁自然给了我。这也是我第一次喝到百香果汁。

刚打出的果汁有不少沫子，那沫子没有什么味道，喝到后面才是真正的汁水。建功先生问我味道如何，我说确实不错，但唯一的遗憾是没有冰过，这就大大打了折扣。

后来队伍走散了，大家都知道最后到街口集合，也就自己到处闲逛了。

时维初冬，北海还是很热。后来走不动了，偶然发现了一家广东的糖水店，居然也卖刨冰，看样子很像我小时候吃过的那种粗刨冰。

于是买了一份，量也不小。当店主问我要什么浇头时，大概是入乡随俗的意识，我毫不犹豫地道——要百香果的。

这种百香果汁是极其浓郁的，也许是加了蜜糖的缘故，很稠，淋在晶莹剔透的刨冰上鲜艳晶莹，不要说吃，看着就已经醉倒。这刨冰口感虽也比较细腻，但是并非像雪霜那样，融化在嘴里还是需要些时间的。

百香果汁的刨冰，是我第一次吃到。

虎拉车与黑蹦筋

有些物种,会在时间的进程中消失,留下的只能是忘不了的记忆。

大抵今天七十岁以下的北京人都不太清楚什么是"虎拉车",外地人对这个名称则更是莫名其妙。"虎拉车"到底是汉语还是满语?我一直想就教于满族文化专家爱新觉罗·瀛生先生,可惜先生已经作古多年,能回答这个问题的人估计不会有了。

五六十年前,每到初秋,市面上会出现三种大小、形态差不多的水果,样子比苹果小很多。这三种个头大小类似,很容易混淆。一种叫做"沙果",一种叫"槟子",再有一种就是"虎拉车"了。

沙果最多,但是不好吃,很面,水头也小。槟子呈深红色,上面略有金星,样子好看,但是又酸又涩。唯有虎拉车青中透红,个头略大于沙果和槟子,有种特有的清淡香甜,不像苹果那样甜腻,但水头大,很酥脆,十分爽口。

旧时没有如今的超市,除了像东单菜市、西单菜市和朝阳菜市这样的大菜市里有卖水果的摊位，一般都是很小的水果铺子，多称"水果床子"。这种水果床子的铺面很小，一大半的摊位延伸到街边，用条凳支起铺板，水果摆放在铺板上出售，还要不时漰漰水，保持水果的鲜亮。一般店主两口子或雇个伙计就足够打理生意了。另外一类，就是走街串巷卖水果的，一个人推着排子车，串胡同，吆喝着卖。车上的水果也要不时打理，保证它们的新鲜。

老舍先生写过北京金秋的街市：每到中秋，除了卖兔儿爷、月光马儿的，有三种鲜货是不可或缺的——鸡冠子花、玫瑰香葡萄和虎拉车。没有了这些，中秋节也就显得索然无味了。

虎拉车只产于京西一带山区，是苹果的嫁接品种；虽然和沙果、槟子一样都是苹果嫁接出来的，但是味道和口感绝对不同。据说虎拉车的产量很小，也很娇嫩，在运输过程中容易磕碰，一旦碰坏一点皮，就会迅速破溃烂掉。所以除了运到北京城里，也不会远销外地，成了北京地区独有的水果。

走街串巷的水果车子品种也很丰富，有时沙果、槟子和虎拉车同时都有，那时买的人都会自己鉴别。沙果虽面，不怎么好吃，但是老年人牙口儿不好，也是很喜欢的；有喜欢酸涩口的也会买槟子；虎拉车最受欢迎，因此价格也略比沙果和槟子贵一点。

大概是为了好保存，虎拉车从树上摘下的时候不能太熟，青色多于红色，但是一两天就会达到最佳的口感。每到仲秋，无论是水果床子还是走街串巷的，都有卖虎拉车的。从外貌上看，虎拉车并不比槟子和沙果漂亮，但是那种清香却远胜于这两种同宗兄弟。据说汉代的上林苑中就有苹果的栽培，很有可能是来自西域，因此至今新疆的苹果都非常令人青睐。只是这些年来由于科学嫁接，追求产量和香度，其本色就逐渐被人淡忘了。

即便是那时，大概由于嫁接的缘故，虎拉车味道上也略有差异。也有的地方，虎拉车与槟子常常混淆。据说，河北张家口地区有种香果类似虎拉车，也有说冀中石洞村今天仍有种植虎拉车的，但是我都没有见过。《金瓶梅》中有一段牌子曲道"你学了虎拉宾外实里虚，气得我李子眼儿珠泪垂"，这里说的到底是虎拉车还是槟子？也很令人费解。

虎拉车没有苹果那么甜腻醇香，但是那种脆脆的口感和淡淡的清香，在消失了半个世纪后仍然令人怀念。

今天六十岁以下的北京人大抵也是没有吃过黑蹦筋西瓜的。

旧时北京没有那么多的人口，像西瓜这样的普通瓜果绝大部分都是本地所产，自给自足，大兴可算是北京西瓜的主要产地和来源。

花皮的西瓜也有，但是并不特别受欢迎，最受北京人青睐的则是大兴庞各庄产的"黑蹦筋"。

我在《老饕漫笔》中写过"西瓜的退化与变种"，说到各地许多不同的西瓜，在这里只想说说北京的黑蹦筋。

黑蹦筋所以得名，是因为其外貌。这种西瓜是椭圆形的，表皮呈深墨绿色，近乎于黑。表面有凸显的条棱，像是附着在表皮的筋络，所以被称为黑蹦筋。最大可有十余斤，一般多是七八斤重。内为黄瓤，红籽。

最好的成熟黑蹦筋，略带泛沙的瓤，不能生，也不能过熟。过熟就老了，瓤子被称为"棉花套"，口感就差多了。

小时候，我喜欢去挑瓜，也是一种炫耀。买回的瓜如果被交口称赞，就会颇为得意。这门技术真正得益于我家马路对面的水果床子。

东四二条的斜对面是明星电影院，就在电影院的南侧，有家不大的水果床子。非常巧，这家的伙计名叫傅希贤，三四十年代是我家住在东总布胡同时的男佣，抗战胜利后才离开我家。从我家刚搬到东四二条，他就认出我们；出于念旧，所以特别热情。对这个小水果床子的店主早就没有印象了，那时多是傅希贤每天打理那个小店，永远在忙活着。傅希贤粗通文墨，字也写得不错，我亲眼见过他用毛笔写水果的名称和价钱，什么"肥城水蜜桃""沙营玫瑰香"，都是用白色硬纸板。每到夏天，一大块冰上铺块粗白布，放上均匀切好的西瓜，大小一样，每块五分钱。进出电影院看电影的人，口渴了来上一牙儿冰镇的黑蹦筋，那就甭提有多爽了。

我每次都是到傅希贤的小店买西瓜，有的时候买两个，傅希贤都是让我自己先挑，最后由他鉴定。傅希贤告诉我，挑西瓜首先要看外形，那种个头匀溜、表皮上筋络凸起明显的一般是好品质的。第二是掂掂分量，过于压手的或不太熟，而比实际个头显得轻的，可能又老了，里面会出现棉花套的瓢子。第三是捧在手里，贴在耳朵边听声。——卖瓜的最讨厌顾客挤压瓜皮，这样又敲又捏，瓜就会放不住了。但是傅希贤对我是礼遇有加，我从来都是可以用大拇指顶着听声的。如果稍稍一挤，耳边就会听到里面沙沙作响，那就是熟了的好瓜。

傅希贤说，他们床子上的瓜都是从大兴庞各庄进的，自然是好的。我问他为什么庞各庄的瓜好，他说都是长在沙地上的。于是我从小就种下了沙地产好瓜的印象。

那时多数人家都没有冰箱，很多人家买了西瓜会用凉水镇着，放在阴凉处，到了晚上坐在院子里，切成一牙儿牙儿的，大家分食。我家那时有个土冰箱，每天有专人送冰，恰好够维持一天一夜。西瓜太大，放不进去，总是先切成两半，就能放进去了。吃瓜多在晚饭后一两个小时。黄瓤红籽的黑蹦筋切开后清香四溢，远比今天西瓜的味儿胜百倍。黑蹦筋的水头大，如果熟的程度正好，沙、脆、甜是一应俱全的。

那时女士们吃西瓜，很少是啃成牙儿的西瓜，总是会切下一块，用小勺慢慢挖着吃，绝对没有男士们那样豪迈。一顿西瓜吃完，屋里屋外都会留下久久不散的清香。小孩子贪吃，总是会吃到肚胀，大人就会命去吃点咸菜。我是最讨厌这个的，好好的清香黑蹦筋，口有余香，焉能让块咸菜煞风景？于是就算肚胀也不会说的。

北京庞各庄我从来没有去过，直到不久前，一位德云社的云字科朋友，是地道的大兴庞各庄人，倒是给我讲了关于黑蹦筋消失的原因。他说，西瓜长期种植，都会有所退化，因此品种需要不断更新。另一方面，黑蹦筋虽然是好品种，但是产量低，远不如花皮西瓜产量高，所以很早就不种植了，也可以说是绝种了。他这个年纪，也没有吃过黑蹦筋，多是听老人记忆中的描述。另外，小时候听傅希贤所说"沙地出好瓜"，也不是十分确切的。这位德云社的朋友告诉我，单凭沙地不行，庞各庄的沙地之所以好，是因为在沙地下面有层胶泥，没有这层胶泥，也是产不出庞各庄那样优良品种的瓜的。

黑蹦筋的消失大约是在六十年代中期，此后被大花苓、京欣一号等所代替。"黑蹦筋"也就成了历史名词。

有些东西消失后是再也无法回归的。别了，虎拉车和黑蹦筋。

红了樱桃　绿了芭蕉

樱桃在中国是最为普遍的一种水果，几乎全国都有，难怪《吴普本草》说"不著所出州土，今处处有之"，可见在各地都有生长。因其果实如璎珠，因此也就称之为樱桃了。古时也叫"莺桃"，是因为黄莺最喜欢啄食的缘故。

在欧洲和北美，樱桃生长也极为普遍，英文叫做 cherry。近二十年来，我们的水果店非要叫什么"车厘子"，实际上就是英文的音译。如此，好像就抬高了身价，摆明是进口（其实大部分是我们本土的）樱桃，称之为"车厘子"，价格自然就不菲了。

北京的地名与樱桃有关的很多，如香山附近和门头沟妙峰山都有樱桃沟，此外像南樱桃园、樱桃斜街等等。

香山卧佛寺附近的樱桃沟最负盛名，据说明代时，山沟的两侧长满了樱桃树，每逢春季，满山遍野开满了白色的樱桃花。但是入清以后就很少见于记载了。清初孙承泽在此建了"退谷别业"，享誉一时。不但像吴梅村、曹秋岳等往来于此，就连顾炎武也曾三次来此看望孙承泽，政治见解并未影响到孙与顾之间的往来。但是在此题咏的诗词中都未见提及退谷的樱桃。民国初年，书画鉴赏家、收藏家周肇祥（养庵）买下退谷原址，建"鹿岩精舍"，这里就开始称作"周家花园"了。至今，鹿岩精舍门楣上还有署名"无畏"的周养庵题字。周肇祥居住期间，曾多次与卧佛寺僧人发生口角，大多是为了寺内僧人到周家花园内采摘果实的事由，因此周肇祥在此地的口碑并不太好。这所"鹿岩精舍"内果木扶疏，但却没有樱桃。五十年间多次去樱桃沟，好像从来没有在那里发现过一株樱桃，这个樱桃沟真是徒有虚名了。

妙峰山的樱桃沟远没有卧佛寺的出名，但是确实是出产樱桃的，只是所产的樱桃不算很好。

国内盛产樱桃的地方不少，每年在大连的一位年轻朋友都会快递来一箱上好的樱桃，个大饱满，甚是可爱。无奈糖尿病，只能浅尝即止，大部分都给孙子和朋友们吃掉了。

关于樱桃，我永远忘不了小时候老祖母给我讲的，她在中东铁路的列车包厢里吃的樱桃，那好像还是在她所谓的欧洲战事期间（即第一次世界大战期间，1914—1918），彼时她和祖父经常往来于齐齐哈尔与哈尔滨。她喜欢哈尔滨的生活，那时哈尔滨被称为"东方小巴黎"，有33个国家的16万侨民居住在那里，有19个国家的领事馆。她说，中东铁路车厢里备有各种水果，其中樱桃最好吃，还用樱桃做成蛋糕。后来仅在天津利顺德吃过，以后就再也没有吃到过那么好的樱桃蛋糕了。此外还有中东铁路特有的樱桃汽水，瓶子里居然还有个赤红的大樱桃。这些听她讲得我耳朵都起了茧子。

在我的印象中,成熟的樱桃应该是鲜红色的,但是近些年来那些高级的进口车厘子却大多是黑紫色的,完全打破了我对传统樱桃的认知。市面上的车厘子大多卖到了几十元一斤,甚至到了百元。内子多是为孙子买一些,自己是舍不得吃的。尝尝,倒是甜到了极致,却并不好吃,远没有小时候吃的味道。也有的樱桃带有杏仁的口味,尤其是罐头樱桃,颜色极其鲜艳,大多是配菜使用,基本是没人吃的。因此我怀疑国产的樱桃有些也是与外国樱桃嫁接的品种。

外国的樱桃也不都是像车厘子那么黑紫,我记得有次和内子在瑞士旅游,我们从伯尔尼乘火车去琉森,临上火车前,内子还在车站的商店里盘桓,最终急急忙忙买了一包樱桃带上了火车。这种樱桃并不像市面上的车厘子,更像是我印象中的樱桃,只是个头大些,红润鲜艳而饱满。尝尝确实极好吃,是我吃过的口感最好的樱桃。距离琉森还有一半的路程,一包樱桃早已是香消玉殒了。

中国诗词中,写到樱桃的太多了。从南北朝齐梁到唐宋,佳句迭出,我觉得写得最为生动的莫过于南宋杨万里的《樱桃》七律:

> 樱桃一雨半凋零,更与黄鹂翠羽争。
> 计会小风留紫脆,殷勤落日弄红明。
> 摘来珠颗光如湿,走下金盘不待倾。

天上荐新旧分赐,儿童犹解忆寅清。

至于李商隐,则说得更为直白:

众果莫相诮,天生名品高。
何因古乐府,惟有郑樱桃。

古乐府中似乎并没有"郑樱桃诗",有人认为李商隐是在讽喻后赵武帝石虎的宠妃郑樱桃,而郑樱桃的事迹也没有详细的记载,于是"惟有郑樱桃"也就引来后人的各种猜测。不过,也可见古时樱桃在各种水果中的地位。朱淑真则更直白,"为花结实自殊常,摘下盘中颗颗香"。旧时尚祭祀,每到五月节(端阳节),樱桃都是从庙堂到民间普通百姓上供祭祀少不了的果品。

旧时北京卖樱桃的多在阴历四月,到了五月节则满街都是推车挑担卖樱桃的,似乎是与粽子、蒲艾等同时应市,成了一个时令的代表。彼时没有今天这么多的水果可以挑选,一捧新上市的樱桃,会唤起初夏的来临。

"文革"开始后,我的两位祖母避难扬州,是我母亲在去干校前特地去扬州安排的。母亲非常能干,在扬州甘泉路旧城头巷给她们找到一处房子,租下一间,租金仅五元。这处房子只是个独居的小院落,正房三间,西侧还有一间小屋,也算是独门独院了。房子的主人是母女两人,母亲七十多岁寡居,女儿四十出头未婚。她们母女占了正房西侧一间,我的两位祖母租了东侧一间,中间是堂屋,两家共用。生火做饭都在堂屋里。

1972年我从北京去看望她们,就住在西侧那间小空屋内,屋里仅有一张铺板床和一张三条腿的破书桌。不过小院倒是十分洁净,石子铺地,大门的内东侧有一株不小的芭蕉,西侧有块修长的太湖石,伴着两杆瘦竹。除了常走的一条通道,两侧长满了青苔。整个院子空间也不过二十多平方米。我在那里小住了十几天,除了去趟无锡,都是陪伴两位祖母。

出头巷不远,就是热闹的甘泉路,彼时除了国营商店,看不到摆摊做生意的,偶有几个老太太挎着小篮子,会躲在巷口附近卖些小青虾、鸡头米、新鲜蚕豆之类,这些都属于非法的"资本主义尾巴",哪里敢带着秤?因此都是事先包好了小包,说好价钱,迅速交易。

春末夏初扬州雨水多,但多是不久即停。闲得无聊,走出巷口,居然碰到个挎着小竹篮子卖樱桃的婆婆,也是用蒲包包着的,掀开看看,果然不错,记不得几毛钱了,买了一包回去。两位祖母住得久了,并不奇怪,还说我买的贵了,尝了一两个就让我自己吃。

雨后的小院格外清爽,尤其是那棵芭蕉,碧绿明朗。坐在那张三条腿的桌子前,百无聊赖,吃着樱桃,猛然想起尚能背诵的南宋蒋捷的《一剪梅》。可能是有人常写大字报的缘故,屋里的笔、墨倒是现成的,无奈没纸,就去祖母房里寻了张包

装纸,录了张蒋捷的《一剪梅》:

　　一片春愁待酒浇。江上舟摇,楼上帘招,秋娘渡与泰娘桥。风又飘飘,雨又萧萧。　　何日归家洗客袍。银字笙调,心字香烧,流光容易把人抛。红了樱桃,绿了芭蕉。

槐花饼与榆钱糕

北方的城乡，最不缺的就是槐树和榆树，这种榆、槐都有很大的树冠，每到暮春，则会绿荫匝地。村头地脚，多有几株老槐树，夏天每到傍晚，村子里的长辈总会光着脊梁，摇着蒲扇，抽着旱烟，述说着那不尽的旧事。孩子们一丝不挂，围着老槐树、老榆树追逐嬉戏。北京城里的胡同中，也都会有几棵硕大的老槐树，或在胡同口，或在胡同中间，大槐树会像伞一样，覆盖出一片阴凉。春天，树上也难免会挂着不少"洋刺子""吊死鬼"，只要清除干净，就会变成一片清凉天地。胡同里大杂院的空间窄小，女人们就会拿着针线活儿到树荫下来做，东家长，西家短，有着没完的闲话。到了晚上，树底下换了戏，老爷们儿下了班，一缸子高末，端到树荫底下，能从两汉隋唐聊到北美欧亚，几近午夜才散去。

如今，农村和城市都很难再捕捉到这样的场景了，就连村头、胡同，这样的老槐树也不多了。

从仲春到暮春，先是榆树落下雪片似的满地榆钱，接着是槐树的枝梢上挂满了槐花，这才是"绿肥红瘦"的时节。

几十年前，每逢此时，无论是乡下还是城里，人们都会忙着撸榆钱、打槐花，有着各种的吃法，目的就是吃个新鲜。但是到了三年困难时期，这些却成了和着粮食充饥的东西。于是，榆钱和槐花也成了很多过来人不愿回首的记忆，都不大再想起那些心酸的日子，也就很少有人愿意吃了。年轻人没有过过苦日子，从来没有吃过，也不知道是什么滋味。

尽管如此，每逢榆钱和槐花成熟的季节，还是会有人去收集些的。想着的，并不是往日的饥馑，而是淡淡的清香——春天里的味道。

我的老祖母大约十五岁之前，是在山东诸城农村度过的。农村的童年和少年时代给她留下了难忘的记忆，虽然后来的生活发生了极大的改变，但是她总是忘不了在乡下的日子。

我记得在五十年代末，她刚刚买了东四十条的一所院落，虽然房子只有南北两向，却有两层小院。经过一年多的翻修收拾，弄得井井有条。于是忽发奇想，非要托人从农村买了口大柴锅，直径得有二尺多，下面有个铁皮的箍圈，大柴锅可以坐在上面，在这个箍圈内可以烧柴禾。她老人家本事大，愣是让人从城外弄来了几捆干柴禾，从下面点火，抠得满院子都是烟，来的客人都摇头，被呛得直咳嗽。

我小时候与老祖母的感情最好，有时喜欢住在她那里。那个大柴锅运来后也觉得好玩儿，总会看着她鼓捣。她会用柴锅给我贴饼子。柴锅贴出的玉米面饼子香极了。下面一层是焦黄的，脆脆的，有股子柴锅特有的香味儿，至今都挥之不去。她会做很多乡下的吃食，就算是一锅肉片熬大白菜，味道也绝对不同。每到春天，她会发动熟人给她去搜集榆钱和槐花，用玉米面和上榆钱蒸窝头、贴饼子。她会在蒸的窝头里稍放些糖，往贴饼子里放些盐，格外好吃，我从来没有吃过这么好吃的东西。

带点咸味儿的榆钱窝头就着蒜泥三和油的拍黄瓜，清爽的凉拌小红萝卜，都是春天的味道。这些，在我和祖母与父母住的地方是吃不到的。后来她搬出那个院子，就不知道那口大柴锅弄到哪里去了。

我也见过胡同里的孩子们，每逢这个季节，都会捧着榆钱饼子、槐花蒸糕在胡同里吃，令我非常羡慕。

后来很多年，再也没有吃过榆钱和槐花做的食物。

2020年的春天，疫情初起，很多饭馆都处于半停业的状态。四月里的一天，中央电视台的主持人刘芳菲给我打电话，说与聚德楼的经理和厨师长约好，特地弄来榆钱和槐花，为我们做一顿特殊的饭菜。于是中午我和内子应芳菲之邀，去那里吃了一顿特殊的"宴席"。除了我们三人，就是经理和厨师长甄师傅作陪。在这样的特殊时间里，一顿特殊时间的特殊食物，令人难忘。虽是饭店的手艺，却也能吃出些乡土气息，只是一桌子的主食和菜肴汤品都是取材于此，不免会有些单调之感。

2022年的清明过后，一位年轻朋友说她的父母那天一早就驱车到门头沟的山里，专程去山里撸榆钱。那里的榆钱不像城里街道两旁的，绝对没有污染，是纯绿色生态的，中午就已经是满载而归了。我事先嘱咐，这东西在我家也就我一个人吃，千万少送,浅尝即可。于是下午就送来一些,晚上就让阿姨做榆钱窝头。无奈阿姨是安徽人,她说就是在三年困难时期,她们老家也没吃过这东西。最后做得还是不能尽如人意,比我小时候老祖母做的差之千里,她反倒说"这东西有什么好吃的"!

无独有偶,不久,四月底河北易县的朋友又特地从易县的山里打下了最新鲜的槐花,只一天就加急快递来一箱。

打开那盛冰鲜的泡沫塑料箱子,里面的槐花放在塑料袋中,还带着露水,新鲜至极。打开闻闻,一股清香沁人心脾。寄送的人有心,在微信中特地发来了一段制作槐花饼的视频。视频很详细,每个步骤都有示范。于是我和阿姨一起操作:先择净槐花的梗,用清水漂洗,将干净的槐花稍用食盐杀一下水分,打入鸡蛋,再和面粉一起搅拌成糊状,做成小饼,放在有油的平锅里煎烙,外焦里嫩。这次,连阿姨也说清香好吃了。

据阿姨说,榆钱和槐花当令时在菜市里也有卖的,而且价钱不菲,说明还是有人吃的。吃榆钱图个啥?是好吃,还是记忆?宋人有诗说榆钱:

镂雪裁绡个个圆,日斜风定稳如穿。
凭谁细与东君说,买住青春费几钱?

至于槐花,宋代诗人杨万里有更形象的描述:

独直南宫午独吟,祥云淡淡竹阴阴。

小风慢落鹅黄雪,看到槐花一寸深。

中国人历来有吃花的习尚,早在屈原的《离骚》里就有"朝饮木兰之坠露兮,夕餐秋菊之落英",玫瑰、藤萝历来都是制作食品不可或缺的原料。很多年前,我读过民国时期女作家黄庐隐的一篇小说,是发表在郑振铎办的《小说月报》上的。小说的名字早就不记得了,但是关于描写吃菊花的内容却记得很清楚,那新鲜的菊花瓣是裹着面糊在油里炸的,定型出锅,依然是秋菊那婀娜的形态。

槐花和榆钱似乎都是不登大雅的食材,但是各地都对此情有独钟。陕西人每年春季都要做槐花包子,不吃一顿槐花包子,似乎是春天里的欠缺和遗憾。就是十里洋场的上海,很多年前也创造出用槐花清炒河虾仁的时兴小菜,不用任何调料,各取彼此的鲜香,居然能上得宴席。能把榆钱和槐花变出花样,也确实是有心了。不过,最怀念的还是那种最质朴的做法,那种闾巷蓬门的味道。

唐山麻糖与棋子烧饼

大约是在1983年,第一届全国邮展举行在即,《集邮》杂志上登载了一篇关于我集邮的报道。因为上面有我工作的医院名称,每天可以接到几十封全国各地的来信,最多时竟然可达七八十封。这种情况居然延续了将近半年之久,也算是那个百废待兴年代里的特殊现象,今天是难以想象的。

当时我只是个三十五岁初出茅庐、不谙世事的集邮者,直到两三年后被选为第二届全国集邮联合会理事、学术委员,也是其中最年轻的,说来不过是因为要"老中青"三结合,才会获此殊荣。

在这些来信中,一部分是表示仰慕的,一部分是希望联系的,都是不同年龄段的集邮爱好者,其中有工人、农民、解放军的干部战士、医务工作者、少先队员,也有全国各地的集邮小组,年龄涵盖了从十几岁到八十岁的不同人群。

有位唐山姓王的老先生来信最多,每封信都字迹工整,文白杂糅,写得十分认真,多达五六页信纸。因此,我也回信认真,尽可能回答他的问题。老先生自我介绍说他曾是1948年北平邮票会的通讯会员，再早还是在抗战时间都没有中断的新光邮票会的会员。

对于北平邮票会我还是比较了解的，这个北平邮票会当分为两个阶段，第一阶段是1945年由北平部分邮商如施秉章、韦景贤、沙伯泉等发起组织成立的，也有当时一些集邮家参加，推举郑汝纯为理事长。该会还发行了《北平邮刊》大约三十期，在全国各地都有不少通讯会员，例如像孙君毅、郭润康这样的集邮家也在其间。到了1948年年中，北平邮票会停办，这算是第一阶段。到了第二阶段，则是由唐山籍的青年集邮家刘铭彝（1924—2000）先生接手，恢复了活动，重新办了新的《北平邮刊》，从1948年8月到1949年5月，出版了七期新《北平邮刊》。

这位唐山的王老先生即是北平邮票会的通讯会员，又与刘铭彝先生是老乡。他曾多次向我打听刘铭彝先生的情况，恰巧我与刘先生很熟，也经常见面。那时他是北京集邮协会的学术委员，我也兼任北京集邮协会的学术委员，几乎每年要在怀柔开两次学术会，住两三天。因此我也向他谈起这位王老先生，刘先生记得他，说多年没有来往了，十分想念。于是我将刘先生的问候告知了他，他们之间也有了联系。以后，王老先生与我的书信往还也就更多了。

老先生是位十分热情的人，彼时没有电脑和手机，就是电话也没有，只有通过书信传达我们之间的忘年友情。后来，老先生将他珍藏着的刘铭彝主办的那七期《北平邮刊》悉数赠送给我。若干年前，我又转赠给了一位收藏集邮文献的朋友，算是完成了老先生的心愿，为这份文献找到了最好的归宿。

有一年的冬天，老先生从唐山寄来了一个包裹，打开后是一盒包得很严实的唐山特产——九美斋的棋子烧饼。这种小烧饼我以前从来没有见过，做得十分精致，状如中等型号的象棋的棋子，上面覆有一些芝麻。里面是肉馅，面皮柔韧，馅料很鲜香。一盒子里大概有几十块之多。盒子上印着"唐山九美斋"，大概是"文革"后恢复的老字号。

说起九美斋，就是今天的唐山人也未必都清楚。九美斋早年是家点心铺，1930年才改为饭庄，至今也有百年历史了，与当年唐山的鸿宴饭庄同为唐山的老字号甲级馆子。据说，这种棋子烧饼起源于唐山丰润城关，出入山海关的客商、学子都要从此经过。当时市面上卖的只有干巴巴的缸炉，没有什么滋味，有位学子打此经过，就给饭店老板出主意，说可以将烧饼里填充馅子出售。饭店老板问学子，这烧饼以做多大为宜？学子恰好看到旁边有两人对弈，于是就指着棋子说，"如许恰好"。后来老板就真的做成了棋子大小。

这种棋子烧饼以五花肉为馅，合以调料、面酱、香油等，再以鸡油和面为皮，撒上芝麻，吊炉烤制。成品呈金黄色，形如棋子，外酥里嫩。

八十年代能得到这样一盒棋子烧饼，诚为殊味，觉得太好吃了。一方面感激老先生的盛情，一方面也觉得十分新鲜，不到两三天就都吃光了。

八十年代中老先生已逾古稀，我们书函往还了几年后就没有他的消息了，应该是已经仙逝了。此后，我再也没有吃过唐山的棋子烧饼。

无独有偶，前几年得识一位唐山籍的青年才俊，在北京做设计工作，为人谦和恭敬。他擅书画，精于篆刻，曾为我治印十余方，有名章、闲章、室名别号印等。近年所用，很多是他的刀笔。这位年轻人擅元朱、汉印、秦小篆、鸟虫篆等，其边款也遒劲有力而不俗。只是因我不喜欢鸟虫篆，所以没有他这方面的作品。

我们在聊天中偶然提到旧日相识的忘年交，也就是王老先生，无意间说起当年他寄给我的唐山特产，棋子烧饼。说者无心，听者有意，他第二次来我这里就特地从老家唐山给我提来了两盒九美斋的棋子烧饼和两盒唐山特产——麻糖。

早就听说过唐山麻糖。90年代在唐山开学术会时，临走也给与会者每人带了两盒麻糖，只是时间长了，早已不记得麻糖是什么样子。

这种麻糖名为"糖"，实际上就是一种蜜汁薄片，又有些像排叉。盒子呈六角形，里面垫着一层塑料薄膜，麻糖就放在薄膜上，为的是不让油和糖液渗透。可以说形似团花，薄如蝉翼，做得十分精致。虽然样子很像排叉，但是仅有寸许见方，经过油炸，外面裹以蜜糖。这东西最早是做成排叉形的，后来改进工艺，将排叉做得很小，经过了油炸，再裹上饴糖、蜂蜜和桂花，口感绵软，略带酥脆，深受冀东百姓喜欢。据说始于明代万历年间，至今已经有四百多年的历史，做得最好的老字号就是唐山的广盛号。

按照现代观念，这种重油重糖的食品是很不健康的，那位年轻朋友说，这些年吃这个的人越来越少。不过，我从小跟着祖母长大，她的生活习惯对我不无影响，所以很喜欢这种麻糖。

后来，他知道了我有糖尿病，再来时，除了两盒棋子烧饼，只给我带一盒麻糖，而且还是"低糖"的。尝尝，味道几乎没有不同。我真是不明白这"低糖"是从何而来。

再后来，他每次从唐山老家回来，仅仅就给我带两盒棋子烧饼，麻糖就干脆不带了。

三晋面食数平城

山西面食声名卓著，而以晋北最佳。太原虽为省会，聚集了三晋精华，但面食仍是远不及晋北。至于晋南，又等而次之。

自八十年代中期以来，由于各种原因，去大同的次数最多。虽然都是来去匆匆，但有两件事是必不可少的：一是去云冈石窟，二是一定要吃大同的各种面食。

八十年代去大同，那里相对还比较落后，城市污染严重，市容面貌也陈旧落伍。吃饭的馆子都非常简陋，但是对有些中等饭馆里的各种面食却留下了深刻的印象。近年来，大同城市改造，不但城市发生了很大的改观，年轻人也都追逐时尚，在饮食方面也不例外。这些年大同新开了不少很红火的餐厅，而那些传统的面食馆子就少多了。

早就听说大同有家叫"凤临阁"的餐厅很红火，前几年去朔州参观崇福寺，又赴雁门关，打算晚上回大同住宿吃饭，于是在路上就打电话给凤临阁，要订一个包间，但是被告知所有包间已订满，只能晚上到了再说。

我们是看了关于凤临阁的介绍才打算去的，说这家餐馆有五百多年的历史，明代正德年间就有了。我知道这是极不靠谱的事，无非是根据京剧《游龙戏凤》故事的编造。这出戏是京剧的宫中戏，也叫《梅龙镇》，是须生和旦行的对儿戏，著名的须生和旦行都唱过，至今舞台也还演出。故事讲的是明朝正德皇帝到大同微服私访，在梅龙镇酒家遇到开饭馆的李凤姐。这位李凤姐美貌风情，聪明伶俐，鬓边斜插一朵海棠花，引得正德皇帝的百般调戏，后欲接回京城，纳为妃子，而李凤姐则坚决不从。另有一说：正德皇帝之所以微服私访到大同，是为去看大同的"晾脚会"，据说这是大同的一种风俗，每逢阴历六月初六，"大同妇女填街塞巷，或临城垣，或坐门首，美服盛饰，以绝纤之足，夸示于人"。其实，这种"晾脚会"的陋俗始于清代初年，与正德是没有任何关系的。

据说李凤姐开设的这家酒楼名叫"凤临阁"，当然是应着戏的内容起的名字。除了京剧，许多地方剧种也有这出戏，但是在传统晋剧（山西梆子）里是没有的，因为大同人对这出戏是很反感的。在大同的历史文化遗迹上，也没有凤临阁这个地方。

这家"有着五百多年历史的老字号"，也就可想而知了。

到达那里的时候已经将近晚上七点。这家酒楼坐落在平城区华严寺的东侧，鼓楼文化轴的西端，占地6000多平方米，完全是中式的楼阁，飞檐斗拱，雕梁画栋，内部也是曲栏回廊，有三四层，装饰极尽奢华。到了之后，果真早已人满为患，一个包间都没有了，只好坐在大厅一端廊下的大桌。看看菜单，其实也很平常，真正的山西传统特色菜倒不是很多，反而新派的菜肴占了主流。听说这里的百花烧麦非常有名，于是要了几笼，点了几个略有山西特色的菜肴。号称最具特色的百花烧麦，远没有呼和浩特的烧麦做得好，皮子染了五颜六色，卖的是噱头，皮子发硬，馅子发干，油水不大，鲜香也大打折扣。几个菜做得也很平常，实在是不敢恭维。价钱倒是对得起如此豪华的装修了。

于是回想起在早两年，我在鼓楼附近吃的一家小馆子。

那家馆子的字号实在是记不起来了，当时也是新张不久，两层楼面，朴素整洁，但也绝不寒酸，楼上尤其敞亮干净。看看菜单，都是中规中矩的山西菜，而主食部分却占了几乎三分之二，可谓涵盖了山西大同的所有特色面食。有许多是我从来没有听说过的，只好请来服务员一一咨询。

北京人对山西面食的知识大多是刀削面、栲栳栳等不多几样，像这样繁多的品种和名称真是令人眼花缭乱。我多年游走三晋，还算是知道的比较多一些，同桌的几位则更是瞠目结舌了。四个人要了三四样很普通的特色菜，个个中规中矩。面食倒是要了四五样，绝对不敢每人一份，仅仅一份大家浅尝。最后还要了一份黄米油糕，简直是愣撑下的。那几样面食有刀削面——这是必不可少的，另外要了剔尖、拨鱼、炒猫耳朵等，至于什么莜面鱼鱼、饸饹、擦圪蚪、柳叶等等一概都没敢要。如此，已经是饱胀得不得了了。同行的有位打趣说"一肚子碳水化合物",倒是不假,但确实是真好。好在哪里?——晋北的面食最爽滑、劲道、精致。

后来两次去大同,驱车在鼓楼附近转悠了好几遭,都没有找到那家小饭店。大同日新月异,新开的餐馆也持续不了多长时间。

北京在1959年开了晋阳饭庄,也算是京城第一家山西馆子。刚刚开业时去过,确实是真好,如香酥鸭(传统应该叫锅烧鸭,怕北京人不懂,就叫香酥鸭了)、温拌肉丝粉皮、海参过油肉、闻喜饼、炒猫耳朵等都很好,集中了山西太原和大同各地的特色。但是我在钟楼附近吃的炒猫耳朵确实远胜于晋阳饭庄的出品。

炒猫耳朵的关键是和面要到位,软了硬了都不行。再有就是爽滑,炒出来不能黏黏糊糊,不能有粘连。下料也要准确,山西讲究的炒猫耳朵分荤素,也就是肉的和木须(鸡蛋)炒的,现在有的馆子居然号称"三鲜",里面放上虾仁。殊不知山西是内陆腹地,旧时代连鱼都没有,何来鲜虾仁?真正的传统"三鲜",不过是用肉丁、鸡蛋、口蘑、木耳等,在彼时已经算是讲究的了。炒猫耳朵其实就是和着辅料的主食,不算是菜的。关外苦寒,旧时能吃上个炒猫耳朵也算是很美的事。

说到山西的炒猫耳朵,想起北京的炒疙瘩,可谓与之有异曲同工之妙。老北京以"寨"命名的饭馆只有两家,一是"金家寨"的汤爆肚,二是"穆家寨"的炒疙瘩,都是清真经营。

穆家寨门面仅有一间，很小，是穆家母女两人经营，于是顾客就戏称"穆家寨"为"穆柯寨"，将店家的姑娘戏称为"穆桂英"了。穆家寨的店面很小，仅一间门脸儿，但是在京城的名气却很大，因为炒疙瘩做得太好，各界人士纷至沓来，名噪京城。但是这种疙瘩是圆形实心的，虽然也很爽滑，但是比起做得到位的猫耳朵，还是略逊一筹，原因是这种猫耳朵是搓出来的，略呈卷曲，薄而圆滑，容易入味。

大同这家做的刀削面也会颠覆人们对北京刀削面的认知。北京如今卖刀削面的多如牛毛，但多数削得又厚又硬，有的用机器削，面虽削得够长，但是终没有晋北手工地道，入口的感觉是完全不同的。

北魏拓跋珪迁都平城，是北魏最为兴盛的时期，从云冈的"昙曜五窟"完全可以看到当年的盛景。到了唐代于此设定襄、云州、云中。黄巢造反时，这里也是西突厥部族、沙陀人李克用的发迹之地。小时候看京剧《珠帘寨》时，以为去搬兵的程敬思跑了多远的路才到"沙陀国"，其实不过是从长安到大同而已。

北方面食花样的繁多，也代表了一种历史文化的发展，我想，大同面食的形成也是北方多民族文化的融合。

在太原住的酒店都很高级，也很少到街上去吃饭；酒店餐厅的面食很精致，但是找不到大同街头面食馆的那种风味。

山西现存的古建大约占了全国的百分之七十，动辄唐代、辽金，因此山西全境去过数十个县市，各地都有各地的特色，但是就面食花样和优劣而言,哪里也比不了晋北大同了。去过晋南的晋城、运城、芮城等地,尤其是运城和芮城,食风多似河南,与晋北是大相径庭了。晋城有"八大碗"和"八小碗",卓有名气。在晋城特地去"八小碗"品尝,倒是也有些特色,汤汤水水,也算是地方风味,但是相对就粗糙得多了。

冬菜与芽菜

古代多苦寒,自然生长的时令蔬菜不可能供应一年四季的消耗,北方自不消说,就是南方,也无法保障一年都有菜吃,于是腌制的蔬菜就成了家家必备的食品。

四川的冬菜是用芥菜和其他青菜经过半发酵处理,包括切碎、晾晒、腌制、装坛等不同的工序,经过贮藏发酵,吸山水之灵气,采日月之精华,始成。这种腌菜就是为了解决冬天无菜的不时之需,因此名叫"冬菜"。陆游在《秋晚村舍杂咏》诗中有"园丁种冬菜,邻女卖秋茶",其实说的是种植这种用于腌制冬菜的蔬菜,至于要成为"冬菜",那还需要一个过程呢。

冬菜各地都有腌制的方法,但是最有代表性的则是四川的冬菜。而在四川冬菜中,又以南充冬菜和大足冬菜最为著名;大足冬菜的腌制历史又远早于南充。

冬菜的优劣大相径庭,无论在成都还是重庆以及巴蜀任何地方,都能买到冬菜,不谙此道的人,难免不识门道。内子的学生在四川任教,听说她喜欢四川冬菜,问其他师生竟然都不知道,更说不清这东西的购买途径,因此两次买来的都不对路。后来才按照内子的要求,买到大足的冬菜。我们去成都或重庆,很重要的一件事就是去买最正宗的大足冬菜。据说这种冬菜要三年才能开坛,开坛后取出才能油润脆嫩,醇香四溢。

旧时四川冬菜既是进贡的贡品,也是四川官绅出川拜客游历馈赠的特产。彼时物流不易,一两坛冬菜虽然所费无几,但是会大受欢迎。四川每年进贡的清单上,川冬菜也都是绝对少不了的。不过,南充冬菜除了基本原料芥菜之外,用的香料较多,而大足的冬菜则稍微平淡些。

北京中山公园的来今雨轩,几十年来以冬菜包子享誉京城。每到下午,室外的大茶棚正是人满为患。大约三四点钟,茶喝得意兴阑珊,正好冬菜包子出笼。来今雨轩的冬菜包子就外形说是小高桩形,有点像馒头,但是表面有点微微的褶皱。里面是炒过的熟馅,稍微有点甜,堪称京城一绝。买几个就着茶吃甚好,还都会带回家几个,可以说是去了来今雨轩的象征。我不太清楚他们用的是南充冬菜还是大足冬菜,但是我家自己做冬菜包子,用的都是大足的冬菜。

川冬菜也可以做冬菜炒肉末,也是要将肉末事先煸炒,再将冬菜切碎另煸,二者合一,才能油润好吃。大抵正宗的川菜中,冬菜是不可或缺的调味品和重要的辅料,没有了川冬菜,川菜也就谈不上是川菜了。但是,并不是什么川冬菜都可以入选的。

北方也有冬菜,或者叫做"津冬菜",基本的原料是大白菜,发源于静海,与北方漕运有着密切的关系,起源于天津广茂居酱园，后来又改制成五香冬菜。原料是从静海的纪庄子就地取材，在当地采购大白菜切碎制成。静海有京杭大运河贯穿全境，两岸出产名叫"小核桃纹青麻叶"的大白菜，叶厚、筋细、口甜，因此选用这种大白菜作为津冬菜的原料。制作中用大量的蒜泥腌制，颜色金黄，口感有些脆。我小的时候，这种冬菜都是在稻香春里用"油篓"装着，上面覆着红纸商标，写明厂家的字号。每个油篓的净重大约也就一斤重。掀开覆在上面的红纸，下面还有封着油篓的一层。当全部开封后，会有冲鼻的蒜香味儿扑面而来。

津冬菜可以就着白米粥吃，但是更妙的用法则是放在馄饨的底汤中。

北京的"馄饨侯"并非是什么老字号，当年卖馄饨的都没有铺面，也租不起铺面，都是挑着担子走街串巷卖的。1956年公私合营，于是将几十个卖馄饨的摊贩集中了起来，成立了合作组的形式。没有字号，于是大家公推一位侯姓的业主作为组长，干脆就起名"馄饨侯"了。

早先那种馄饨担子一边是火炉和大锅，一边是操作馄饨的案板、工具和作料等。那只大锅里永远在煮着一只大鸡，而从来没见它被切开过，锅里的整鸡只是招幌，号称是"鸡汤馄饨"，不知最后究竟是如何处理。没有了这只鸡，这个馄饨担子也就失去了号召力。

馄饨的馅子是纯肉的，但里面的馅子却少得可怜，皮子却是薄而劲道。馄饨都是现下锅的，要几碗煮几碗。最好是汤，按照"物质不灭定律",都是从那煮着鸡的锅里盛的汤,只是那只大锅会不断地蓄水,至于里面有多少鸡汤的成分,就不必追究了。不过,汤底是讲究的。按照北派的馄饨做法,汤底子要放少许酱油、盐、味精、紫菜、虾皮、芫荽,而点睛之笔是要放上一小撮津冬菜。一碗馄饨价虽廉,利润虽小,但是作料是含糊不得的,没有这一小撮津冬菜提味儿,就不算是地道的北京馄饨了,这也是津冬菜的妙处。

此外,广东还有一种"潮汕冬菜",味道有点像津冬菜,但是使用的白菜却是切成片状的,主要是作为潮汕卤味和小吃的调味品。

四川的芽菜也是川菜中不可或缺的原料。

芽菜是用芥菜的嫩茎切成细丝腌制而成,分为甜、咸两种。咸芽菜多产于泸州、南溪、永川等地,而甜芽菜则产于宜宾,也称之为"叙府芽菜"。

川菜很多菜肴和小吃都离不开芽菜,如做担担面的辅料就离不开芽菜和肉末。再如川菜的名菜咸烧白,更是不能没有芽菜的参与。豆瓣鱼也需要芽菜。主食中的芽菜肉包子,宜宾的燃面,芽菜也是主料。就是家常炒一盘肉丝,放上芽菜也会更下饭。成都有家卖芽菜包子的店,开了很多年,那些上班族每天早上到摊子上来两个硕大的芽菜包子、一碗不用花钱的稀饭,足矣。

每到四川或重庆,总会在街头吃上一碗最地道的正宗担担面,那面是真正劲道的,满满的红油,覆在上面的是一层牛肉末和碎米芽菜。记得第一次到重庆好像是在上清寺吃的,一碗吃完觉得还不尽兴,于是又来一碗,吃得满头大汗,最后又到隔壁的摊子上吃碗黑芝麻馅儿的汤圆。这担担面的味道中,正宗的芽菜起到了重要作用。

四川榨菜以涪陵的为最好,也都是坛子里腌制的,旧时北京的酱园除了卖自产的酱菜,也进货像云南大头菜、四川榨菜等等。四川的榨菜都是现开坛售卖的,一个个榨菜头上带着红红的辣椒末,买回家,不喜欢吃辣的会多洗洗,去掉辣味,而喜欢辣的则会保留那赤红的原味。北京那时的小饭馆里都会有个"榨菜肉丝汤",价格极其便宜,大约几分钱。那汤是清的,表面漂着一层薄薄的红色,稍用汤匙搅动,切得很细的榨菜丝和肉丝便从清汤泛上香味来。一餐便饭下来,一碗清清的榨菜肉丝汤垫底,才会觉得圆满。就是那些卖炒饼的切面铺,最后也有二分钱一碗的榨菜汤。如今"涪陵榨菜"多是做成小包装的袋子来卖的,打开看不到丝毫的辣子,却是索然无味了。

大足冬菜、宜宾芽菜、涪陵榨菜与内江的大头菜,都是四川独特的原料。川菜讲究的就是原料的地道,如自贡的井盐、德阳的酱油、茂汶的花椒、郫县的豆瓣、阆中的香醋,样样都是马虎不得的。

如今鱼目混珠的东西不少,许多包装赫然印着产地。只是抽了真空的冬菜、芽菜,都不如在原产地买当地百姓吃的,虽然大多是散装,但是货真价实,那才是原汁原味。

安徽人的甜咸意识

阿姨在我家已经二十九年的时间了,对于一个人来说,二十九年或可谓是半生。

阿姨是安徽巢湖人,巢湖虽几经行政区划的变迁,但总属于合肥地区。安徽我去过的地方不算多,大抵只去过合肥、芜湖、安庆、马鞍山、屯溪、黄山、宣城、歙县、青阳等,尤其是皖北与淮南淮北,都没有去过,所以对整个安徽只是一知半解。

很多年以来,究竟是我们改变了阿姨的口味,还是阿姨改变了我们的口味?我想大抵是前者。在将近三十年的时间中,阿姨不得不适应我们家的生活习惯,改变了许多。例如,我们家几代的习惯,烧菜大多是放些糖的,而真正的普通安徽家常菜却很少放糖。

一般放糖多的菜,她都不太喜欢吃,虽如此,但是她做的南乳方肉什么的还是极其到位,一直受到家人和客人们的称赞。每到秋天,阿姨总会买来很多雪里蕻,先用两三天时间晾干,然后把菜腌起来,压上大石头,不多久就能吃了。这种腌雪里蕻可以吃上一个冬天，远远比外面买的好吃得多。这也是阿姨的最爱。像无为和南京的盐水鸭，她也是喜欢的，但是像无锡三凤桥的酱鸭、肉骨头等，她就总是抱怨太甜了，说是不能吃。

她做菜绝大部分是迎合我们的口味，其实她自己是觉得不好吃的，安徽人嗜咸是十分明显的特点。

前些年，我去安徽宣城开会，住在条件很好的"敬亭山房"，环境极佳，酒店也很讲究，每天的饮食都是精心安排的安徽特色。但是两天下来，会议近半，却几乎没有一个甜菜。不要和江南的餐饮相比，就是和北方的会议餐相比，也都显得特殊。虽然原料都很讲究，但是那种咸而单调的口味，实在是接受不了的。

我直言不讳地说，希望能有些甜味道的菜肴，没想到当晚就安排了两样甜的羹汤，奇甜无比，简直不能接受。

用我家阿姨的话说，我们老家"甜就是甜，咸就是咸"。她们老家有种糯米做的"粑粑"，大小如北京的炸糕，但是表面光滑，里面是用腌过的马耳菜，加上切碎的豆腐千张，也或放些肉末，确实不难吃，但是也是很咸。另有一种甜的，外皮相同，里面是黑芝麻做馅，却是极甜。大抵这就是她说的"甜就是甜，咸就是咸"。她说，烧肉放糖，在她老家只有老人去世，要把老人的骨灰或棺木送到山上时，才会做两碗用糖烧的甜肉，一同送到山上祭祀，其他的炖肉烧肉是绝对不放糖的。但是经过近三十年生活习惯的改变，她也早已适应我们了。

安徽寿县有种"大救驾",也是极甜的点心,觊觎已久,恰好前几年在301医院做关节置换的手术,六安的一位年轻朋友特地从安徽买了来医院看我。他是从我的书中看到我写过云南腾冲的"大救驾"与安徽的"大救驾",才让我尝尝寿县的这个特产,还一再叮嘱我少吃。这种点心果然很甜,里面的猪油、白糖、橘饼、青红丝等占了主要的成分,外面的起酥皮子也是十分甜腻的。可以说,真是甜到了极致。

每逢春节前夕,阿姨的女儿都会从巢湖寄来当地的特产,其中有自制的香肠,这种香肠里是绝对不加糖的,不像广东香肠。我老是觉得美中不足。阿姨就会说:"谁家往香肠里放糖?"她对广式香肠虽有偏见,但也爱吃。至于寄来的那些米花糖、黑芝麻糖、云片糕等,则无一不是很甜很甜的。所以,也不能说安徽人不嗜甜。有种厚厚的麻饼,远比苏州的松仁麻饼厚,一只纸筒或塑料筒里放五个,据说,安徽人家过年过节,或是婚丧嫁娶,就是普通人家也会向店里订上三五百块。

四大菜系固然没有徽菜,但是在"八大菜系"中,徽菜可就忝列其间了。

所谓徽菜,仅指的是南宋时代的徽州,以此为其代表,徽菜并不是代表整个安徽地区。在漫长的岁月里,徽菜才从徽州的山野地方风味,经过不断的交流,兼收并蓄,发展为融汇安徽各地特色的徽菜系统。清末,随着徽商的东进,影响到了整个长三角地区。可以说,徽菜之所以能走出安徽,与徽商独步东部中国是密不可分的。

徽菜注重食材的新鲜，喜用竹笋、香菇、木耳、板栗和石鸡、石耳、石鱼、甲鱼等，以及炖、烧、蒸等做法，而对急火爆炒的菜并不十分擅长，这也是我家阿姨几十年都没能很好掌握急火炒菜技术的原因。

徽菜早在民国初年就已经蜚声沪上，后来我问过一些上海人，他们说上海人并不太买徽菜的账，那些正宗的老徽菜馆子，则多是在上海做生意的徽商问津。而上海人则认为徽菜味道单调，也太咸，是不大吃的。不过，徽菜倒是没有被其他菜系同化，依然保持着自己的风格。有人戏称徽菜是"严（盐）重好色，轻微腐败"，意思就是徽菜的味道偏咸而色泽浓重，又擅用发酵的食材。不过，这也不能概括徽菜的整体。

很多菜系，喜欢攀扯本地的"名人效应"，除了臭鳜鱼、毛豆腐、徽州蒸鸡、问政山笋、铁锅蛋这些传统菜，徽菜也创造出"胡氏一品锅""李鸿章杂碎"等。其实，胡氏一品锅不过是安徽中等人家冬天吃的火锅，为了御寒，很多原料都可以放入砂锅里煮，又岂止是胡适之先生一家的独创？至于什么"李鸿章杂碎"，就更是舶来品，据说早年在美国的中餐馆就曾以此为招牌，也不是李文忠公的研发。

旧时北京的徽派馆子很少，大约就是徽菜的味道相对单调，加上那些"毛"的"臭"的不太能容于餐饮市场的大众追求，于是徽菜虽列为八大菜系之中，但影响不大。近十余年，北京的徽商故里，经营状况就算是很不错了。

我和徽菜烹饪大师鲍兴是老朋友，他是徽菜的领军人物，也是位传奇人物。门墙桃李,遍布国内外。记得有次在南京的徽派馆子吃饭,一提到鲍兴大师,行政总厨和厨师们都是出自他的门下,于是招待得格外用心。还有一次住在黄山顶上的北海宾馆,也都是鲍兴大师亲自安排。

鲍兴先生是位个性鲜明的人,从来坚持自己的观点,绝不苟合不同意见。他对徽菜有着深厚的感情,也在徽派菜的改良上下了很大功夫,在维护徽菜的传统方面有鲜明的态度。几次开会,都很谈得来。后来他来信要我给他的"徽菜研究所"和"徽菜研发基地"写了两块牌匾。他来北京,多是邀朋友在徽商故里吃饭小聚。

总是觉得臭鳜鱼的肉有些老,而毛豆腐又难以下箸,于是对这样的"腐败"总会有些心理障碍。再有则是安徽人对于甜和咸的不能中和,总是将二者推到极致,也是难以理解的。或许,这是我对安徽口味的一点偏见罢。

姑胥最忆是观前

第一次到苏州是 1966 年 11 月,那年我还不到十八岁。

从学校骗了一张外出证明,只身一人外出,目的很明确,就是借机去游山玩水,所以不与任何人同行。

第一站去泰山,我还记得是傍晚从西直门火车站上的火车,慢慢腾腾地走了一夜,第二天中午才到泰安。山下住了一夜,次日才登泰山。那时像我这样去游山玩水的人极少,所以走到哪里都是人迹稀少。在泰山顶上住了三个晚上,下山就去了济南。在济南山东大学王仲荦先生家里住了两夜,就直奔苏州了。

那时,像我这样的学生是可以身无分文走遍天下的,不过我还是带了五六十元,应该说是很充盈的。苏州当时的车站很小,也很破旧。走出车站,没有几家小店铺可以吃饭。饥肠辘辘,走进一家小馆子,没有几样菜,菜谱都是用粉笔写在小黑板上的。我是第一次出远门,对南方的菜肴也不甚了了,看见一样叫做"一块肉"的菜名,觉得很好奇,于是就点了。果然不错,很像我家做的红烧肉,味道偏甜,但是块头大,就着吃了两碗米饭,也是我初到苏州的第一顿饭。

在车站即联系好住处,然后就乘公共汽车到饮马桥附近的苏州医学院。

我当时在苏州举目无亲,不过那时胆子也大,颇有些浪迹天涯的魄力。这个苏州医学院原来在南通,是张謇先生创办的新型医学教育机构,原名"苏北医学院",后来搬迁到苏州,改名苏州医学院了。那时如果在安排的住宿地吃饭,是可以分文不费的。虽然每顿饭都是一成不变的糙米饭和熬小萝卜汤,但是可以管够,就是食量大的,吃上三四碗米饭,也没有任何问题。那时也不用带行李,大通铺上都有被褥。用当时的话来说,我属于"逍遥派",因此也从来不与人多交谈。早出晚归,就是在苏州游览。

当时的苏州,一些大型的园林还是开放的,门票最多一角,有的五分钱,如拙政园、留园、狮子林等都是如此,一些小型的园林多是闭门谢客了。远一点的如虎丘等,也是开放的。那时的学生很单纯,大学里倒是人满为患,而那些风景名胜却是人迹罕至,在那里盘桓多久都是可以的。

当时,我还带了个老掉牙的茹来(Rolleiflex)120照相机。虽说是120,但是里面装的却是620的轴,同样也能拍12张,只是每次买好120的胶卷后,要到照相馆里用黑色的手袋自己更换轴头。在苏州看到什么都好奇,于是拍了三四个胶卷,洗出的照片至今还都在,还保留了那年的记录,这也是当时最多的花费了。

早就听说过苏州的观前街,当时还是石板路,玄妙观已经被封门,但是观前街仍在,虽然显得萧条,但是一部分店铺也在,只是老字号都被改了名称,起了些没人能记得住的名字。只有经人指点,才能略知一些旧日的景象。

彼时,我仅知道苏州的采芝斋,因为以前祖母每年都会托南方的朋友买些采芝斋的粽子糖。至于其他苏州的名店,只是后来才慢慢熟悉起来的。我一向对祖母那些粽子糖的兴趣不大,但是同时寄来的许多苏州梅子、蜜饯却都很喜欢,也多是采芝斋的出品。这些老字号当时都找不到,但是食品在观前街上却也有的卖。

最令我喜欢的是"卤汁豆腐干",这是我在北京小时候没有吃过的,当时观前街上有的卖,是用"马粪纸"做的小盒子里装的,湿乎乎的,味道特别醇厚,每盒仅仅一毛钱,印象好像是什么"苏州人民食品厂",其实就是昔日的采芝斋。尝过以后不过瘾,就买了五盒,准备带回住地,晚上慢慢消受。同住在大通铺上的学生们都是"革命狂热者",心思都在每天搞革命,哪里见过这个?于是一个晚上就被洗劫一空了。只好第二天再去观前街上买。这种卤汁豆腐干给我留下了对苏州最初的记忆,至今挥之不去。虽然现在不用去苏州,网上也能购到各种包装的卤汁豆腐干,但是再也找不回那时的感觉了。离开苏州时,还特地买了一些带到去杭州的路上吃,结果到了杭州不久就都长了毛。那时没有真空包装,这东西不能放太久,我想这是我小时候在北京没有吃过苏州卤汁豆腐干的原因罢。

当时的"黄天源"也改了名字,苏州人民要革命,但是糕团还是要吃的,于是部分糕团品种还是保留了下来,只是不见"黄天源"名号罢了。这些现做现吃的苏州糕团也是以前在北京没有吃过的,五颜六色,煞是诱人,看着就令人垂涎欲滴。

"陆稿荐"也在观前街,同样不见老字号,但是酱汁肉还是有的卖,需要一早去排队。因为彼时卖肉食是需要肉票的,我时间没有赶上,不知是否需要肉票才能供应。

毕竟是囊中羞涩,加上物资匮乏,能在观前街上买到的食品有限,即使如此,观前街还是给我留下了难忘的印象。

1973 年第二次去苏州,是因为去看望避难扬州的两位祖母。其间顺便去逛了无锡和苏州。这次去,观前街上已经相对繁华,部分店铺恢复了老字号,可以吃到的东西相比 1966 年要丰富。尤其是采芝斋的食品,品种也渐渐多起来。当时的观前街还没有拓宽马路,东起醋坊桥(临顿路),西至察院场(人民路),全长一里多,而玄妙观和太监弄是最繁华的地区。这个时代已经相对热闹了。记得我独自去吃了松鹤楼,菜确实不错,这是那次到江南印象最深的两家馆子之一,另一家则是南京火车站不远的陆华春了。

八十年代以后,百废俱兴,是令人怀念的年代。再到苏州观前街,已是繁华盛极。1982 年,观前街一段改成了步行街,车辆禁行,而人头攒动,熙熙攘攘,很多老字号都恢复了本名,恢复生产传统工艺。观前街上开设的民营店铺,特色纷呈。

对于朱鸿兴,慕名已久是因为陆文夫小说中的描述,后来改编成了电影。这部影片的主人公叫朱自冶,众所周知影射的是苏州闻人、鸳鸯蝴蝶派代表作家周瘦鹃,同时也是众多苏州美食家的综合写照。陆文夫先生本来不是美食家,但是他在苏州接触到许多姑苏耆旧、文人雅士,耳濡目染,收集到许多材料,《美食家》成为了他的成名之作,陆先生也就成了美食家。电影中扮演朱自冶的是上影的老演员夏天,拍这个片子时,他已经六十多岁。夏天是上海人,熟悉苏州,因此演来入木三分。我至今还记得清晨尚未破晓,朱自冶坐上黄包车,颐指气使,用文明棍向前一指,仅三个字——"朱鸿兴"。这么早去吃朱鸿兴为的是去赶"头汤面"。苏州人讲究,头汤面是为了水清面滑,淋上浇头才好吃。

这个镜头难忘,于是一直觊觎着朱鸿兴的头汤面。

我没有朱自冶的福气,终没能赶上头汤面,但是八十年代朱鸿兴的面还是不错的。后来终因体制经营的问题,被同得兴、裕兴记、陆长兴等后来居上。

苏州的面卓有特色,一般都是清面配上各种浇头,花样能多到几十种,好坏不仅在于面的爽滑,也在于浇头的好坏,有些如三虾面(虾子、虾脑、虾仁),过了仲夏就不行了。爆鱼面北方人误以为是鲍鱼,其实就是熏鱼,不过大有讲究,鱼不入味不行,熏制得干了不鲜,火候不到不入味。上海的"两面黄"与苏州也有不同,不过,现在两地的通病就是为了省事省时,面是炸过的,很脆,但是不好吃,失去了两面黄的特色。

内子最喜欢常熟破山寺（兴福寺）的蕈油面，但是在苏州市面上似乎是吃不到的。

八十年代中期以后，几乎每年都要到苏州，公务、开会、访友、旅游，除了两次是直奔东山开会，一次是应姚慧芬伉俪之邀到经济开发区参观她的苏绣作品，没能有机会进城去观前街，此外是每年都要去的。我喜欢观前街上琳琅满目的特色食品，更喜欢那里现做现卖的东西，像"采芝斋"和"叶受和"都会在店门口售卖刚出炉的点心，如酒酿饼，隔着几十米就能闻到那酒酿浓郁的香气，馅子有玫瑰的、豆沙的。"黄天源"现做出的各色糕团也是新鲜的，软软的，与买回到北京的截然不同。不同的时令，会卖应时的糕团，清明前后的青团，夏令的薄荷糕，都是颇受欢迎的。印象很深的是一个卖梅花糕的小店面，现做现卖，永远是门前排长队，没有耐心是吃不到嘴的。

虽然玄妙观有着七百多年的历史，但是观前街形成的历史到底有多少年呢？2022年春节前，中国邮票发行部门设计室两位处长来到我家，送来2022年计划发行的邮票《姑苏繁华图》的设计图稿。《姑苏繁华图》是乾隆时期苏州画家徐扬的作品，历时24年完成。这是幅很长的手卷，长度达12米，恰是《清明上河图》的一倍。自灵岩山木渎镇开始，东行过横山、渡石湖入姑苏，自胥门、盘门、胥门出阊门外，转山塘桥，至虎丘山止。据统计，画面上有一万两千余人，近四百船只，五十多座桥，二百多家店铺。这幅巨作藏于辽宁博物馆，这次是节选若干片段以六枚邮票横幅的形式设计。这次他们来，就是征求我对选材（因全图太长，只能除卷首和卷尾，再选择四幅截图）和设计的意见。虽然我曾观赏过这幅长卷的真迹，但为此还是事先再次浏览了画册。只是很遗憾，虽然似有玄妙观，但并未发现观前街的这段盛景。我想这不应该是作者的忽略，观前街是否在乾隆初年尚未形成？亦未可知。

与观前街毗邻的周边，也是各色苏州小吃，糕团店、藏书羊肉等都是苏州的特色美食。2019年，我的《二条十年》出版，应苏州慢书房之邀，又承苏州作家王稼句先生助谈，去苏州做了一次读者见面会。时间仓促，那天下午慢书房又把我拘在办公地点签了几百本新书，虽然与观前街近在咫尺，却没有时间去逛。不得已，傍晚前，内子才由苏州作家朋友王道陪同匆匆去了一趟采购，而我只能望街兴叹了。直到2020年的疫情期间，才再到苏州，在观前街徜徉了一上午。

2019年冬天，还应周瘦鹃先生幼女周全之邀，去了不远的"紫兰小筑"，也就是当年周瘦鹃先生的故园。那天周全女史盛情招待，在园中茶室饮茶，那些茶食干果差不多都是采芝斋和叶受和的出品。在她的指点下，我们也买了不少回家，春节摆果盘。

自从1966年初开始，几十年来数十次到苏州，苏州的朋友也最多，每次去只能告知其中一部分人，不然实在是应接不暇。游木渎，一天可以悠闲地坐三四处茶座。去光福，游司徒庙，观香雪海的梅花和清、奇、古、怪的千年古柏。早些年，魏嘉瓒先生曾特地陪我去品尝太湖三白和白沙枇杷。在陆巷，领略古巷风情，闾巷中饮茶，品尝白玉方糕，在紫金庵看暮色中的满山秋树和果实累累的柑橘。前年,又承相城文联的苏眉女史相邀,在尚未正式营业的半月斋吃到精细的苏式传统茶点。更难忘的,是在金风拂面的深秋,于阳澄湖畔食大闸蟹……

与苏州朋友聚会,近年常订在新聚丰。两年多前,还应画家陈如冬之邀,在拙政园饮茶,也去沈德潜故居拜访过顾笃璜先生,又应陶文瑜之邀在叶圣陶故居小叙。这些都留下了挥之不去的记忆。没有想到的是,两年之间,陶文瑜和顾笃璜两位先生都已相继作古,令人不胜唏嘘。

在苏州看昆曲除了剧场之外,苏昆研习社和网师园、昆曲博物馆也都有小型演出,几次躬逢其盛,美不胜收。我也独自去书场听过两次评弹,虽然那吴侬软语仅能听懂十分之二三,也分不清什么是张调、蒋调,但是我喜欢那种氛围和情调,觉得那才是一种融入。

几十年间,苏州物换星移,人事沧桑,这些都是1966年初冬初次到时所不敢想象的,然而对苏州旧日的景象,总会有些依稀的记忆。此中,最难忘的还是在观前街初次尝到的卤汁豆腐干。

牛肉锅贴与皮肚面

南京之所以被称为"六朝古都",指的是自三国孙权在此建立吴国,以及以后的东晋和南朝的宋、齐、梁、陈。其实,加上后来五代时的南唐、明初建政与辛亥鼎革后的国民政府,就远不只是"六朝"了。

但是从经济的发达而言,今天的南京虽为江苏省会,但在全省只能屈居"第二世界",落后于苏、锡、常了。

小时候每逢过年,总会有南京的朋友寄来些南京特产如香肚与板鸭之类,这两样都算是腊味,祖母是扬州人,过年时板鸭和香肚是必不可少的东西。我很喜欢香肚,个头不大,圆圆的像个球,要上锅蒸透了再切成薄片,佐餐下酒都是很好的。对板鸭则不太喜欢,觉得又咸又硬,远没有酱鸭好吃。除此,对于南京的食物都没有什么太深的印象。后来吃到南京的盐水鸭,觉得很不错,只是必须吃南京现做的,那种真空包装的就索然无味了。我在北京很少买盐水鸭,因为都不正宗。前些年,美国的谢正光教授委托他的学生从南京给我带来两只刚做的盐水鸭,果然大不相同。

这些年,"南京大排档"在全国火起来,很多大城市都有"南京大排档"的连锁餐饮,也颇有特色。所有的店面在设计上都差不多:旧式的店堂环境,复古的招幌,分成各色不同的明档。我前些年到南京时,北京还没有南京大排档,江苏省烹饪协会的彭东生会长特地请我们去南京的大排档店里吃了一次,只是彭会长太客气,小吃要得并不算多,倒是要了好几个南京菜(其实都是淮扬菜,真正的宁式菜在南京也不多见了)。这也是我第一次吃南京大排档。后来,北京开了许多家"南京大牌档",形式和品种完全一样,确实做得不错,如南京特色鸭血粉丝煲、赤豆桂花芋艿、天王烤鸭包、油墩子,以及淮扬的小笼汤包、千层糕、绉纱馄饨、荠菜大馄饨、虾子阳春面、小笼烧麦、清蒸狮子头、响油鳝糊、炸春卷等,品种十分丰富。但是唯独没有南京街头的两样著名小吃——牛肉锅贴和皮肚面。

我在1971年的春天和1973年的夏天都去过南京,每次去,都是住在内子(当时我们还没有结婚)的大外公家里。

内子的大外公名邹树文,是清末外务部尚书邹嘉来(字紫东)的长子。他们的祖籍是江苏吴县。作为贵胄子弟,大外公先是上了晚清京师大学堂,1908年出国留学,就读于美国康奈尔大学的农学院,后来又在美国伊利诺伊大学获硕士学位,继而在芝加哥大学研究院从事研究工作。他回国时已经是民国后的1915年了。不知道为什么,但也许是受大外公本人的影响——与当时和后来出国留学多投身科技不同,邹家的子弟大都选择了学农,包括大外公和他的叔伯兄弟,以及舅舅们都是如此。而大外公是中国著名的昆虫学家,与农学的关系也很大。这在当时可谓是冷门学科。他后来做了十年的国立中央大学农学院的院长,并创办了西北农学院。据我岳父说他可以说一口古典的英文,很受来访的英美人士称赞。我第一次见到他时,他已经八十八岁了,但是精神矍铄,记忆力极好。

他在江苏路的住宅是栋红砖的两层西式小楼,他住在楼上的一部分,楼下则是我住的客房。大外公和我聊得最多的就是他的著作《中国昆虫学史》,而且一定要我将这部稿子带回北京。时值1971年的"文革"中,这件事是如何难办,我深知就里,但是他写了两封信,一封是写给周恩来总理的,一封是写给中国科学院院长郭沫若的,写给总理的信是放在写给郭沫若的信中,请郭沫若代为转交。后来回京,我确实替他办到了,信是从当时的翠微路邮局用挂号寄出的,不久他居然得到了回复。这本书稿在他去世的第二年,也即1981年由科学出版社出版,可惜他仅见到过校样。

那时我住在他家里,白天都是四处游荡,傍晚才回江苏路。老先生很执拗,坚决不许我在外面吃饭,一定要回家陪他吃晚饭。但是大外公从来没有考虑到我是个大小伙子——他的晚饭极其简单,都是白米粥,外加三四样小菜,都很清淡,最多有个盐水鸭之类。我在外游荡了一天,焉能吃得饱?但是也会有例外,就是当时给他看病的有位名叫谢如陀的中医大夫来时,每次都要加饭加菜,质量也会好些。但是这位谢大夫实在让人难以忍受，不但形象诡异，而且行事说话肉麻，每当大外公给他布一次菜，他必定会起立，恭敬地鞠躬，口称"谢谢老人家，谢谢老人家"。如此反复多次，这顿饭让一旁看着的别人如何吃得下去？

因此，每天的晚饭只是为了不拂大外公的好意，应个景儿罢了。饭后闲话片刻，老人睡得早，我就下楼获得了自由。

江苏路相对幽静，是很多高档住宅的区域，但是与之相交的山西路就相对热闹些了，吃饭的地方也多。那个年代，一是没有什么高档的饭馆，二是也没有多少钱，因此只能找些既好吃又实惠的店。

我至今还记得，在山西路上有很多排档（这是今天的称谓，那时却没有这样的叫法）。南方不像北方，天气比较暖和，所以店面门都是敞开的，临街售卖，一边操作，一边售货、收付；顾客既可以自己端到店里简陋的桌上去吃，也能拿着饭盒买走，并不预备打包的纸盒或塑料袋。那时没有个体私营，这些卖牛肉锅贴的也都是集体所有制的小店。

南京的回民不少，可能有着各方面的历史原因，所以"古教清真""西域回回"的招幌也经常可以见到。在山西路上，卖牛肉锅贴的小店就不下三四家，都是临街支着大煎锅，油烟缭绕。锅是斜着放在灶火上的，煎锅微倾，煎锅里是码放整齐的大锅贴。锅贴这种东西在南京、北京的名称没有区别，都是一样的叫法，这些卖牛肉锅贴的大都是回民经营。

码放整齐的锅贴被煎得嗞嗞作响，散发着诱人的香气，隔着老远就能闻到。卖锅贴的总是会敲着煎锅的锅边儿，一边给顾客铲那些熟了的，一边腾出地方再放入生的，不断补充。锅里永远是满的，哪些熟了，哪些没熟，顺着来就行了。

南京的锅贴比北京的略大，也细长些，都是封口的，底部被煎得金黄而不煳，一口咬着，立时流出浓浓的汁水，香气四溢。彼时年轻，那顿虚应故事的晚餐等于没吃，在这里要上四两牛肉锅贴，一扫而光还觉得未尽兴。我虽然不吃葱，也明知馅里是有葱的，却觉得没有什么葱的味道。后来这些年也见到过牛肉锅贴，但未敢试过。

山西路上的牛肉锅贴实在难忘，但是总觉得不像是江南的食物，虽然多是回民经营，但是南京的居民对此都很能接受。四两锅贴吃完，才觉得这一天算是对得起自己。回到江苏路时，大外公的屋里早就熄灯睡觉了。

另一样南京大排档没有的东西，就是南京有名的皮肚面了。

皮肚面在南京、镇江和扬州都有，但是以南京的最为出名。"皮肚"这东西，北方人不大吃，实际上就是用处理干净的猪后腿的肉皮，晾晒后经过油炸到起泡，风干保存；吃的时候再经过水发，使之膨胀变软，貌似鱼肚，所以又叫"假鱼肚"。冬季南方人家喜欢做个什锦锅，与鱼丸、虾丸、蛋饺等同下一锅，既丰富，又好吃。这些年我每次去上海，都会买两袋"三林堂"出品的皮肚带回北京，以备过年时做什锦砂锅。

南京的皮肚面是以皮肚为主料，将皮肚切成条状或是小块，与肉片、鸡蛋皮、冬菇、青菜、水笋等同烩，一般都是用鸭汤作为皮肚面的底汤。南方的面非常爽滑劲道,浇上鲜美的汤料,也是相得益彰的。这种皮肚面内容丰富,味道鲜美,有的皮肚面中还会有一两个肉圆。皮肚面有清汤和浓汤两种,一种底汤是清的,不加酱油之类,但也有浓汤的,还能自己放些胡椒和辣子之类。皮肚面一般卖得都非常便宜,也是南京街边的小吃,一碗分量很大。冬天湿寒,一大碗皮肚面下肚,会立即觉得寒气顿消。

如今的南京大排档中没有这两样纯正的南京小吃,我想不外乎是两个原因:一是牛肉锅贴制作煎烤时烟熏火燎,油气弥漫,不适合在店堂里操作;二是皮肚这东西不为江南以外地方的人接受,因此皮肚面也就没有加盟到南京大排档的小吃行列中来。

乐清小吃一瞥

乐清在浙江的身份很高，虽小，却是省直辖的县级市，而又由温州代管，所以就显得身份很特殊。它是浙江南部丘陵上一块不大的平原，东临乐清湾，与台州为邻，南濒瓯江，与温州相望，从东晋经历了宋、齐、梁、陈，都是永嘉所属，也是中雁荡山所在的景区。

乐清，意为"乐音清扬"，名字美丽而富有诗意，传说春秋时周灵王太子晋乘鹤至箫台山上吹箫，"箫韶九成，凤凰来仪"，因以县名。这也是后来成语"有凤来仪"的出处。

乐清经济发达，是市场经济发展较早的地方，也是最有活力的地区之一。经济的发达必然带来文化事业的繁荣，因此乐清的图书馆和民营书店也是地方文化显著的特色。

几年前，应乐清图书馆新馆落成之邀，去做了一次关于我读书经历的讲座，并参加了那里一系列的阅读活动。这是我第一次到乐清，深感那里的文化气氛很好。

在乐清的古人里，我仅知道王十朋，这还是从小看昆曲和川剧《荆钗记》的原因。王十朋与钱玉莲的爱情故事虽然很熟悉，但是这位南宋的状元、文学家兼政治家是乐清人，却是很久以后才知道的，也可以说是我对乐清唯一的了解。

主人好客，承乐清图书馆和乐清图书业同人热情招待，安排的日程十分紧凑。当天的晚宴是颇具乐清特色的海鲜。我对沿海的饮食不是十分熟悉，许多海鲜的品种都叫不上来，于是主人一一介绍。那些带壳的海鲜到底都是些什么，几乎都没有了记忆。大抵都是清蒸出来的，在我嘴里几乎都没有什么区别。鱼有好几种，也是清蒸的，但在我而言，味道大抵也都差不多。人家都能说得头头是道，可惜我这个北方佬，虚妄叫什么"美食家"了。

倒是有两样东西至今记忆犹新。

一是那里的海鲜炒粉。

温州和乐清都有炒粉，这种炒粉不同于广东的"河粉"。广东的炒河粉是扁而宽的，温州乐清的粉却是细如发丝，完全是不同的。广东的"干炒牛河"用的配料是嫩牛肉片和青蒜，但是乐清的炒粉就花哨多了。

这种粉干非常细，比北方的龙口粉丝还细得多，直径大约仅有北方粉丝的一半。色泽雪白，软硬适度，非常干松，据说炒的时候必须有特定的技术，才不会在炒制时成坨。炒出的粉要十分爽滑，而最关键的是用料。配料几乎占了一盘炒粉的十分之六七，里面是各种海贝的肉，如蛏子、牡蛎、海螺、虾、鳗鱼干等，再加上鸡蛋、肉丝、豆芽等，大约有十几种，内容极其丰富。炒制时基本不放酱油，都是原色。

乐清的炒粉以大荆镇上的最为出名,因此只要在乐清的饭店吃炒粉,都会冠以"大荆炒粉"的名号。这种炒粉之所以香,因为用的是猪油。炒制的时候猪油渗透在粉干中,不但很香,还富有韧性而不糟。

乐清粉是用水磨面制成的,经过纯手工的炮制才能细如发丝。如今改为机器制作,大体也保持了旧日的工艺。

大荆炒粉吃起来简单,不像一个个去对付那些带壳的海鲜,很麻烦,而是一大盘炒粉里包罗万象,什么都有,对我来说是极为痛快的事,所以至今留下很深的印象。

另外一样则是"番薯黄夹"。这是宴席后的点心。

因为生性不食葱,所以在外面吃饭对带馅儿的东西格外小心。很多咸味有馅儿的食品里面都很可能会有葱,吃到会很狼狈,也会举座皆不欢。所以要么不下箸,要么先请别人试吃。

这道番薯黄夹也是温州的特色,但是发源于乐清,所以以乐清的最为正宗。"黄夹"实际上就是我们北方的烫面饺,不同之处在于一是个头稍大,二是面皮用番薯粉制成,至于里面是否也加了白面就不得而知了。

大概温州人没有吃过北方的烫面饺,不管是用什么馅子,我觉得都比这番薯粉的饺子好吃,口感也筋道。番薯蒸熟了再和面,毕竟不是那么回事,皮子是软而糯的,不太适合北方人的口味。好在我事先问清了里面用的是韭菜,而不是葱,才敢下箸。

馅子倒是有些特色,用的是很细的肉丁,而不是猪肉馅儿，佐以豆腐干的小丁，倒是颇为爽口，不觉得油腻。

于是想起我家当年的厨子冯祺发明的一样番茄大虾的烫面饺。已经几十年没有吃过了，后来家里也试着做过，都不成功。那时的对虾并不太值钱，都是走街串巷用蒲包盛了卖的，两三毛钱一对。冯祺能出新，买了对虾切成碎丁，合以西红柿煸炒，不用其他，做成烫面饺的馅子。做好的烫面饺咬开，就会有一股红油淌出，鲜香无比。乐清这地方不缺海鲜，何不用这个办法改良一下？也许他们就喜欢番薯粉的软糯，才创造了这道番薯黄夹。乐清人喜欢，列为了他们的特色小吃。

正式讲座那天的下午，饭后主人盛情相邀去山里喝茶。也许是上午讲座应酬累了，又加上中午的特色美食，上车后就昏昏欲睡。大约睡了一小时的全程，直到目的地才被叫醒下车，因此沿途风光茫然不见。这个地方大约也属于雁荡山余脉，十分幽静，山林泉壑，鸟语花香。山间有一敞轩木榭，居高临下，四周景色尽收眼底。才是暮春，来此游玩和孩子过夏令营的设施都还闲置着。实在是绝妙的所在。我也带来几种茶，让大家品尝。聊天至傍晚才驱车下山，这才一路观瞻到山下乐清城市的全貌。怪不得周太子晋要骑鹤弄箫于此，这里狭长的临海一隅，确实是宛如仙境。

第二天，在参观了两家民营书店后，又在一家民国时期风格的大院落里，浏览了当地几位工艺美术师的创作空间。几乎没有人，有的连店主都不在，但是门是敞开的，都可以随意参观。渐渐薄暮掌灯，在一片昏黄的色彩中，老屋显得安详静谧。晚上，主人特地安排去吃当地最普通的三鲜面。

乐清的鱼丸和鱼糕也很有特色，那里不缺鲜鱼，所以做出的鱼糕和鱼圆货真价实。主人说，这东西乘飞机不好带，他们已经特地买好，用冰鲜快递给我。果然，刚回到北京的第二天，就收到了从乐清寄来的鱼糕和鱼圆。

住在酒店里，每天都有自助早餐，但是主人热情，一定要拉我去吃顿乐清特色的糯米饭。

卖糯米饭的都是很小的店面，里面只有张铺了塑料布的桌子，但是几乎家家人满为患。这种糯米饭是乐清的特色，分甜、咸两种，都是放在大笼屉里蒸出来的，然后再伴以配料。以前卖糯米饭都是一早开门，到了午前就打烊了，但是如今都卖一整天。

这种糯米饭很特别，用的是不同颜色和品种的糯米混合蒸出，也有的就是雪白的糯米。我在苏州早饭吃过鸭血糯，很黏，拌以板油和白糖，浅尝很好，但是不能多吃，实在是太腻。上海"四大金刚"之一的粢饭团很好，但是随着城市的发展和铺面租金的提高，街边已经很难看到了。

乐清的咸糯米饭是拌以油条碎和香菇、肉丁、咸蛋等制成的，我不吃香葱，所以事先嘱咐也是能办到的。那油条碎非常香，都是现炸的油条剪碎，绝对不是放凉了的陈油条，所以还略带点酥脆的感觉。加上咸蛋黄、肉丁、冬菇碎等调制，味道绝佳。

眼大肚子小，哪里能吃得了甜、咸两种？于是申明都想尝尝。小本生意，以顾客为本，什么要求都能达到，所以每份都可以来个半份，其实远比实际的半份要大许多。甜的上面拌以白糖和各种果料，那糯米的香发挥到了极致。吃这种糯米饭的同时还要配上豆腐脑。这种豆腐脑与北方的不同，不用卤子，也分为甜、咸两种。有人说，最佳的绝配是吃咸的糯米饭，配以甜的豆腐脑，而吃甜的糯米饭则最好配上咸的豆腐脑。试试，果然。

小店的生意家家都很好，也许是敬业使得伯仲难分了。店面虽小，但是几乎家家都有自己的外卖包装。单色，但很有特点，字号和品种昭然可见。我问主人，是否可以外卖到北京去？当然是句玩笑话。但这句话被老板听到，认真地走到桌前说："可以的，加急特快，快递到北京是没有问题的。"

这种糯米饭据说近年也有许多的创新，尤其是那种咸味的糯米饭，什么牛肉的、香肠的、烧烤的都有，但正宗的乐清人还是更钟情那种传统的。尤其是那些五彩米的糯米饭，五颜六色，是如何将糯米染成那种颜色？乐清本地人也是不敢问津的。

乐清虽小，却是一座富庶而开放的城市，每天清晨，步行的、开着豪车的、骑着摩托车和电动车的，都会来到这样的小店，吃上一碗自己喜欢的糯米饭，然后开始他们的奋斗，创造着每个人的美好未来。

再到台北天然台

台北罗斯福路一段的天然台始创于1955年,是家有着六十多年历史的老派湘菜馆子,对于很多台北人来说,都会有深刻的印象。

1993年11月,我随北京出版代表团初到台湾,那时的两岸交流还不是很多,因此到达台北后受到了各方面的关注。最后的几天,代表团的其他成员都去了台中、台南参观,而我因为与台湾集邮界和戏曲界的关系,朋友很多,于是独自留在了台北。

这几天与台湾集邮界的朋友朝夕相处,活动不少,其中也包括了原台湾邮政总局局长陈继勋先生的宴请。

陈继勋先生的宴请是假座台北罗斯福路的天然台,那天是台湾荣民总院的朱守一先生驾车来酒店接我。台湾的路我不熟,朱先生是怎么走的,完全没有印象了。

那日主宾仅我一人,但是天然台却设席两桌,一桌是陈先生和台湾的集邮界前辈朋友,在座的所有人年龄都比我大,今天多数已经离世了。另一桌则是台湾媒体的少男靓女,我们这桌的交流他们几乎都听不懂。

旧雨重逢，新知相聚，席间聊得高兴，早就忘记吃的是什么了。只记得一味砂锅羊肉，因为主人说到台湾的羊肉都是从澳大利亚进口，所以还略有印象，其他则完全没有留下记忆。但说是湘菜，倒是丝毫不像，也说不上是哪里的菜系了。

第二天，我们在天然台小聚的照片就见诸台北的多家报刊媒体。

本世纪初，台湾的著名旦角演员郭小庄从美国来北京，曾见过两三次，住在王府饭店，我们在那里一起吃过饭，她也来过我家一次。郭小庄曾是台湾小大鹏剧团的学员，从小学戏，得到过富连成、苏盛轼和中华戏校白玉薇老师的指导。后来成立并主持了"雅音小集"，深得张大千先生的青睐。"雅音小集"的名字不但是大千先生起的，字也是由大千先生题写。郭小庄六七十年代在台湾红极一时，可以说是顾正秋以后台湾的第一青衣，当家花旦，同时也是台湾京剧改革的推动者，算是"海光"魏海敏她们的前辈。她八十年代赴美国学习，以后就逐渐淡出舞台了。我们在京相识，晤谈甚欢，不但聊起许多梨园旧事、台湾戏剧界的变化，同时也聊起许多台北的风土人情。她知道我在1993年去过台湾，所以关于两岸风情也多有涉及。

因为天然台是家湘菜馆子，所以多年以来我都误以为"天然台"叫"天湘台"，当我们谈起时，我说天湘台，郭小庄有些发懵,她说不记得台北有家叫做"天湘台"的馆子,后来说到了在罗斯福路上,郭小庄才恍然大悟,终于纠正了我这个多年的错误。

说到"天然台",偶然想起个绝对子,据说某地有家餐馆,名叫"天然居",在大门的抱柱上悬挂了一副对子——"客上天然居,居然天上客",这副楹联正着读和反着读都有意趣,也正应了天然居的匾额,于是生意大火。是不是真有这家饭馆姑且不论,倒是颇有意思的逸闻。当然,这家天然居与此无关。

天然台在台北算不得是高档的餐厅,装修也不豪华,说实话,出品也不算精致,但是在台北的名气却很大,不但文化界、艺术界经常在彼小聚,就是台湾的党魁政要也经常涉足于此。在台北,几乎很少有人不知道天然台的。

2018年4月,松荫艺术在台北举办董桥先生和我的书法作品展《南北往事——两位文化人笔下的似水流年》。我和董桥先生都应邀赴台北参加了开幕式。我和内子比董先生夫妇早抵台北两天,是因为内子在台北大学有个讲座,特地安排在开幕酒会的前一天。董先生夫妇抵达台北的中午,松荫主人特地安排的午宴,是董先生喜欢的鱼翅宴。其实我和董先生都算不得是书家,董先生是作家、散文家,我只不过写过几本小书,充数罢了。在台北的活动安排很满,直到4月22日开幕的中午,我和内子还安排了在一家粤菜馆子请她的老师吃饭,饭后才急急忙忙赶到安和路去参加开幕典礼。董先生和松荫主人早已在门口迎候了。

连日应酬,几乎在最后两天才得空闲,做点想做的事。一是再到台北故宫博物院参观,二是逛逛书店和邮票店。另外的一个企望,就是想故地重游,再去一次罗斯福路的那家天然台,找回些二十五年前的记忆。

那日有两位特地从北京来台北参观展览的年轻朋友,上午先陪我们去了士林官邸,而后同往汉口街一带。汉口街是旧日台北书店林立的区域,而我要去的邮票店也在那里。于是事先约定,两位年轻人一位陪我去逛邮票店,一位陪内子去逛书店,分道扬镳。说定最后到罗斯福路会合,同去天然台吃午饭。

1993年我到台北时,汉口街一带的邮票店很多,随着世界性的集邮大萧条,汉口街的邮票店如今已经寥寥可数了。去了熟悉的两家,一家老板休假,一家早就歇业了。只有汉口路王敦人的"皇冠邮票社"尚在。我与王敦人也是老朋友,不但1993年在台北见过,他来大陆时也见过,所以一进店就互相寒暄。王敦人已经87岁,早已经不是当年风貌,显得老态龙钟。居然和女儿仍在坚守着这个小店,也真是很不容易了。

除了我,能在这里盘桓很久的大概没有多少人,年轻人更少。我在他那个店里东翻西翻,和王敦人聊着我们之间才能明白的话题。陪我来的年轻人大概早就烦了,在那里耽搁的时间很长,不知不觉早就过了中午。

从"皇冠"出来打计程车,又恰巧遇到台北几起关乎民生问题的请愿游行,施行临时交通管制,好在通过电话联系,内子他们也遇到同样的情况,计程车司机七绕八绕,我们竟是几乎同时到达天然台,时间已经到了下午一点半。

1993年年初到天然台是朱守一先生领着去的,进门后又急着被侍应生领上了楼上包间,因此对这家天然台的环境几乎没有什么深刻的印象。这次发现,门面并不大,虽然有三层楼面(好像后来又加了一层),但是每层的面积都不大,纯属老派的风格。

因为早已过了饭点儿,店里颇为清净,于是楼上楼下参观了个遍,发现店堂里到处都挂着逯耀东先生的墨迹,这在1993年时是绝对没有的。

我与逯耀东先生相知多年,但是从未见过面,我们书信往还二十余通,几次约定见面,都是不巧未能如愿。我在《逝者如斯》一书中曾有过一篇写逯先生的文字——"寒夜客来,失之交臂",写的就是我与逯先生的友情。万万没有想到订交几年后,逯先生不幸辞世,竟成永诀。逯先生的《寒夜客来》和《肚大能容》两书,也是经我介绍在三联书店出版的。

很多人都知道我与逯先生的友谊和书牍往来,这次去台北图书馆,就有他们古籍部的一位先生特地找我,问我能否将逯先生致我的书信转让他们。我回答如果付印,毫无问题,但是转让就免谈了。内子4月20日在台北大学讲座时,逯先生的高足李广健教授还特地从台中驱车赶来与我见面,用他的话说是"完成老师的一个心愿"。

逯耀东先生不但是魏晋南北朝史的学者、台湾大学的著名教授和导师,同时也是台湾著名的美食家,他的《从平城到洛阳》我是认真拜读过的。至于逯先生成为两岸著名美食家,倒是很晚的事了。他在台湾出版过好几部谈饮食的书籍,影响很大,不过都是九十年代中期以后。在台湾,知道逯先生的人很多,许多馆子也都邀他留下墨宝,以为号召。

1993年我第一次去天然台时,墙上也有些名人字画,但是没有逯先生的,这次再到,几层楼的殿堂,都是逯先生的字,亦可见逯先生在台北的影响。先生是江苏徐州丰县人,但是他吃得很宽泛,天南地北的美食都喜欢,既对台岛的传统饮食十分了解(曾有《出门访古早》一书),而且对大陆的各处特色也绝对不生疏。我想,这家天然台也曾是他经常涉足的地方。

看着几层店堂里先生的手迹,也对我们数年交谊留下了深深的怀念。

天然台的台面很简朴,菜也不贵,我们四个人要了五六个菜,味道可算是中规中矩,最后算账,也不过折合人民币四五百元,和大陆的中档馆子差不多。只是以湘菜为号召,颇有些令人疑惑。湘人嗜辣,但是这里的菜多数不辣,即便是辣的,也如上海的川湘菜馆一样,大大打了折扣,应该说是台湾改良了的湘菜。

再到天然台,大抵是想找回一些思念、一些记忆罢了。

约克烤肉

约克在英格兰的北部,是英国约克郡的首府,也是见证英国历史的古老城市。因此有人说,约克的历史也就是英国的历史,或者说是见证英国历史最古老的城市。约克大教堂是现存的欧洲中世纪最古老的教堂,就在约克的市中心。

约克至今还保留着当年罗马人修建的周长达5公里的古老城墙,而城里至今还是石板铺就的街巷,但凡是去过约克的人对此都会留下深刻的印象。在英国文学史上,著名作家夏洛蒂·勃朗特三姐妹就是约克郡人,还有那个神秘的航海家库克船长也都是约克郡人。约克郡与英国的历史文化有着密不可分的关系。

在畜牧业中,我从小就知道两个地方的猪最出名,一是乌克兰的大白猪,二是约克郡的猪。上小学时,同学之间互相戏谑,起外号,就把胖同学叫做乌克兰大白猪或约克猪。但那时,只是从地理书上知道了这两个名词,实际上,这两种猪肉都没吃过。

约克旧城的商业街道没有高楼大厦,街道两侧都是年代久远的两三层老建筑，很多铺子估计曾经是两三代人经营。当然，专卖给旅游者的铺子也有，像英国羊绒的围巾，有些价格很便宜，到底其成分如何就不能深究了。但是色彩的搭配很典雅，在国内是很难买到的。其他真正的老店，多数是卖古董、花边、台布和韦奇伍德陶瓷等，但是一般旅游人很少问津。

城里的街道纵横交错，一概都是石板路，其中就有条街叫做"肉铺街"。

说起找到这条肉铺街，可谓是误打误撞。

我那时两个膝关节已经很不好，但是还没有做关节置换手术，因此行走十分困难。英国的 stick（手杖）非常出名，所以决心在英国买一根称心的手杖带回国。自从踏上约克旧城，就到处打听哪里有卖手杖的。大概是我的英文很糟糕，表述不清，虽然每次对方都是十分热情地给我指点去处和方向，有的甚至带着我走到附近，但都是大失所望，这些竟都是卖药的商店，同时也售卖医疗器械，像轮椅、医用拐杖什么的，根本不是我想要的 stick。（后来在伦敦才了解到，我要的那种手杖只有在服装店里才能买到，大概英国人把手杖当成了服饰类的装饰品。）但是，在这样的七拐八拐的误导下，却来到了约克的肉铺街。

都说英国人不会吃，英国几乎没有让人留恋的美食，那些炸鱼薯条让人看了就大倒胃口。但是约克的布丁据说还是不错的，到了约克总要尝尝那里的布丁。可是真正尝到，却令人大失所望。这种约克布丁是用鸡蛋黄油和面，混合后放在金属的容器中烤出,外焦里嫩,形成个面碗,里面放入各种果酱和肉食后食用,这与我印象中的布丁大相径庭,其实说白了就是一种口感很软的烤面包,或者说就是配着主菜的主食而已。

不过一走进肉铺街,可能就会颠覆你对英国饮食的印象了。

肉铺街其实并不完全都是卖肉的,或许那已经是历史名词,但是卖肉的铺子确实很多,卖生肉的又比卖熟肉的多。这里的肉铺不像国内,猪肉和牛羊肉是分开卖的,约克肉铺街上店铺多是猪肉和牛羊肉混同一起卖。雪白的约克猪肉和新鲜的牛羊肉也像国内的肉铺一样,肉都是挂在特制的金属肉钩子上,顾客指哪儿割哪儿,随意挑选,并没有什么不同。我们去的那个时间,顾客也不是很多。间或有些卖鲜花的小店,大概都是为了起早买菜的主妇们顺便买了装饰居室的。

但是卖烤肉的铺子却家家门庭若市。店里可以就餐,也是人满为患。临街的一面都开着明档,有点像广东的烧腊铺,但是门面却要壮观得多。玻璃窗内有不少伙计在忙活着。这里既能坐在店里用餐,也能外卖,都会有三五个顾客在排队等候。这种现成的烤肉多是夹在面包里出售,顾客买了可以边走边吃。

店里烤肉的品种很多,猪肉和牛羊肉都有,内子不吃牛羊肉,当然是买烤猪肉的。店里的伙计动作娴熟,特别麻利,把烤肉夹在面包之间,两片面包一卷,中间一叠,用一层蜡纸一裹,迅速完成。至于卖的烤牛肉和羊肉,从形态上就与烤猪肉迥异,烤出的牛羊肉多是有钎子穿着的大片,而猪肉则是巨大的肉卷。

烤肉是用地道的约克猪做的，一大块猪肉用多种作料煨制过，然后紧紧地卷起来，外面用粗线绳勒紧，一圈一圈地束缚，然后放进烤炉，烤好后取出来，带着粗线绳就切片，现切现夹面包。面包也是刚刚出炉的，卷在蜡纸里还有些烫手呢。这烤肉卷的直径大约有30厘米，是我见过的最大的烤肉卷。而那夹肉的面包也是现烤的硕大面包，热乎乎的，真是佩服那样新鲜的面包是怎么切成片的！这样一卷面包夹烤肉，两个人吃绰绰有余，下午三点吃了，晚上都可以不再吃饭了。

这种约克烤肉之所以香，一是要用地道的约克猪，二是煨制的作料也要地道。这些作料大抵不仅仅是胡椒、香叶等，可能还会有些特殊的调料，那就不得而知了。烤肉所用的肉，也或有肥的，但是烤好后看不到白白的肥肉，而瘦肉又很细腻，绝对不会有发柴的感觉。尤其是烤得焦焦的肉皮，也绝对不会韧而不烂，可以说，肥瘦与皮混为一体，真是太香了。我想，如果连着面包和肉称称，这份烤肉夹面包足有一斤多。

有一年去捷克，从布拉格到克鲁姆洛夫的路上，也吃过这样的烤肉，大小差不多。捷克的猪肉也很棒，味道和约克的这种差不多，只可惜是凉的，大小如此的烤肉卷是放在冷冻的玻璃柜台里出售的，要多少，切多少。加之行色匆忙，只好买了路上吃，当时也觉得非常好，但是比起约克这种现烤的，终究是逊色一些。

北京曾有家"法国面包房"，在崇文门内路西（也就是今天同仁医院眼科大楼的北边，曾一度是金朗大酒店，后来才改成同仁眼科）。五十年代改名为"解放食品店"，后来又与"华记"合并，成为"春明食品店"。无论是在"解放"还是"华记"的时代，那里卖的洋式肉食都很地道，在六十年代初期，这样的烤肉卷也曾卖过，只是直径仅有十几厘米，都是预先做好放在冷柜里卖的。彼时买这种北京独一无二的洋式熟肉要很早去门口排队，而首先卖光的就是这种烤肉。

华记的烤肉卷从味道而言，真是有些像这种约克肉铺街的烤肉，除了胡椒和香叶的味道，还有些芹菜的香气，是其他肠子、火腿等熟肉食品所没有的。很多时候，这个品种还没货，能买到算是运气了。

我想做法和调料应该是差不多的，都是放在烤炉里烤出来的，但是远远没有欧洲老英国人的这种豪迈，口感也差了许多。

德国人也喜欢烤猪肉，烤小肘子是出名的。我在慕尼黑的啤酒馆里吃过，那是不用卷起来的，调料也没有约克烤肉这样香，个头硕大，配上土豆泥，实在是很粗糙的东西。北京的普拉那啤酒坊既有烤小肘子，也有烤肉和烤各色肠的拼盘，但是与这种约克烤肉都是没法相比的。如果说英国人不会吃，那么德国人就更是又逊一筹了。不过，后来从三里屯搬迁到麦子店的申德勒食品店早年也曾卖过类似的烤肉卷，用料有些相似，但是早就没有了。

问到一些去过约克的人，很多人不知道那里的肉铺街。难忘石板路上蜿蜒的小巷，如果不是为了买根手杖，我也是走不到那里的。

巴塞罗那的街边小吃

在欧洲城市的街边,都会有鳞次栉比的街头咖啡馆,或者就是些小餐馆,桌子大多都摆在路边的便道上,支起阳伞,面朝行人,吃吃喝喝。法国城市尤甚,但是注重的是那种形式,其实吃得很简单,品种并不算多。在香榭丽舍大街的两侧都是,多数时间很难在此谋到一席之地。饿了,弄点三明治或是披萨之类,实在没有什么意思。

在巴黎、布鲁塞尔、阿姆斯特丹、米兰、马德里、圣马力诺都坐过路边的这类小店,大多是为了歇脚,至于吃喝都不会留下任何印象。

2015年,内子姊妹相约,同去乘坐地中海邮轮,游览地中海周边城市。我们分别从中国和美国出发,同时飞到意大利热那亚港口的游轮上会合,竟地中海十日之游。沿途每天上岸,会用一个整天自由浏览一个城市的人文风光。此前几年曾去过巴塞罗那,那次把很多时间都用在了高迪的圣家族大教堂上,时间仓促,远没有如此悠闲。

加之彼时我的腿已经不好,走不了多少路,而连襟蔡先生又是经常往来于欧美之间，去过很多次巴塞罗那，因此我们在参观完加泰罗尼亚国家艺术博物馆之后就分道扬镳了。内子姊妹去逛街采购，我和蔡先生就在他比较熟悉的一家路边咖啡馆的阳伞下坐下，游轮上船时间要到傍晚五六点钟，因此这样一坐就是三四个小时之久。

巴塞罗那是加泰罗尼亚的首府，虽然是西班牙的自治区，但是人文环境和生活习俗都有着很大的差异。加泰罗尼亚也被称为艺术的王国，从语言、文化各方面都与马德里判若两种不同风格。即便是路边的咖啡馆和小饭馆，也完全不同于欧洲大陆的其他城市。

好在有蔡先生，语言上没有什么障碍，地方又熟悉，习俗又了解，体力又远比我好，因此在他的陪伴下，度过了一个极其惬意的下午。他喜欢各种葡萄酒和啤酒，我则是不喝酒的，所以他要的什么喝的东西我也并不在意。我只是喝咖啡外加些软饮料。

至于那些小吃，大多没有什么菜单，都是要到店里去点的，并没有可供个人参阅的单子。我听蔡先生和侍应生说的名称，听不懂是英文还是加泰罗尼亚语，名字都怪怪的，从来没有听说过。要好后，都是侍应生从店里送到桌上。这种小吃能有上百种，完全都不一样，但都是很小的碟子或是小碗装的，量极小，有的甚至两口就能吃完。很佩服蔡先生能那么熟悉，大抵多数都能叫出标准的名称。

另有一个特点：欧洲的许多城市里，除了那些三明治和披萨、意面之类的东西是咸的,大多数的东西都是甜的,如在米兰,各种点心都很甜,因为糖尿病的缘故,只有望之兴叹的资格,非常不爽;但是巴塞罗那的街边小店里的小吃大约有一半以上都是咸的,于是可以肆无忌惮地选择了。

巴塞罗那濒临地中海,海鲜是非常丰富的,我只在意大利佛罗伦萨吃过墨鱼面,但是在巴塞罗那却有各种黑色的小吃,如墨鱼饭和制作精巧的墨鱼卷,大约用墨鱼做的小吃就有七八种之多。还有小牡蛎和海虹做的炸食,味道有点像中国胶东的炸蛎蝗,但是配以各种不同的作料,很有特色。虾类的小吃也很多。虾是极其新鲜的,有的做成了类似我们广东的开边,但是味道既有点甜,也有些辛辣。油炸的土豆块配上黑橄榄,很小的法棍切成薄片,上面敷上一片鲜番茄,再浇上一些很特殊的作料。这种番茄面包的味道极好,不太明白这样最普通的两样食材为什么能烤出这样的味道?在这种小食中,海鲜占有较大的比例,也突显了巴塞罗那的地中海特色。

烤饺子在马德里也有,但是与这里的风格不太一样。马德里多用的是牛肉,但这里的烤饺子却是鱼肉做的馅子,比牛肉的更滑嫩。个头也更小,每份只有四个,两口即可以吃掉。

伊比利亚的西班牙火腿也很出名,但是吃法比较特别,会配着当地出产的甜椒一起吃。或者是铺在切开的面包片上,与无花果一起吃。巴塞罗那小吃有着各种奇奇怪怪的蘸料,很多味道都能接受,但实在说不清是用什么调制出来的。

这类巴塞罗那小吃或被称为 tapas,很佩服巴塞罗那这里的小店，真是不怕麻烦，都是小碟小碗，每一份都有很少的量，却让你可以有上百样的选择。侍应生会随时来捡走空了的碗碟，不使得桌子上十分狼藉。这种tapas很精致，即使你点了不喜欢的东西，最多也就剩下一两块，不会造成很大的浪费。

为了佐酒，也有许多坚果类的小吃，但多数都是调制过的，都很有当地的特色。在这里找不到为了充饥的三明治、披萨、意面那样粗犷的食品，虽然多数tapas下面都会有一小块面包或是起酥的"托儿"，但是却很好吃；或许没有了这层"托儿"，反而引不起食欲。大抵是些慢慢消磨时光的东西，就是坐上三四个小时不停嘴地吃，也不会有撑的感觉。

这里并非没有甜点，但是绝对不像在巴黎、米兰店里那种五光十色的蛋糕之类，许多都是现做的。我们要了一种烤苹果蛋糕，苹果很小是现烤的，半个小苹果烤得冒出了果汁，下面垫上一片蛋糕，那烤出来的苹果汁水都慢慢渗透在蛋糕上，变得湿润和柔软，香甜是自然的。

蔡先生会不停地在座位和店里穿梭，他说记得上次吃过一种非常好吃的小吃，要我也尝一尝，于是和店里的伙计叽里呱啦地说了半天，最后那个伙计耸耸肩，摊开两手，他也就悻悻而归了。可见很少人能准确说出那么多种类的各色小吃名称，我想，大概不同的小店里的品种也会不尽相同。

有的类似三明治的东西，也都是一口就能解决的大小，上下两小块烤得酥脆的不规则形面包，中间说不清夹的是什么，但是特别可口。为了不脱落，中间用一根牙签穿着，一份也就两块，如果觉得好吃，可以继续再来一份。

很多人喜欢巴塞罗那的白芸豆配烤香肠，我不喜欢吃豆子，于是就没有点，但是看到不少当地人在吃。另外有种鳕鱼沙拉非常好，一个方形的小碗里仅几片极新鲜的鳕鱼，不用沙拉酱，而是用橄榄油和苹果醋，再加上一些黑胡椒，拌匀，味道和口感都达到了极致。

这种 tapas 真是不怕麻烦，煎烤的平锅最小的直径也就十二三厘米，还都有个把儿，看似过家家的儿童玩具一样。但是里面的东西就是用这样的烤盘直接烤出来的，端上桌子，还嗞嗞作响。居然有很小份的西班牙海鲜饭，我们虽然没有吃，但是看到邻桌要了，小小的平锅上面却堆满了各种海鲜。

待到内子姊妹逛街采购回来，我们两人在这家街边小店的阳伞下已经消磨了三个多小时，她们却没有享受到如此的美食。想再简单要一些，离上船的时间已经不多了，只好赶忙离去了。在巴塞罗那消磨的那个下午实在难忘。

从马肉米粉说开去

记得大约去过三次广西桂林,其中一次是参加全国书展,两次是在桂林开会。很喜欢桂林舒缓的生活节奏,因此每次都会在正事结束后再盘桓一两天。说实话,桂林的饮食没有太多能让我留恋的,不过,那些年倒是因为相对地闭塞,桂林还或多或少地保留了一些当地往日的传统。

早先,桂林荔浦的芋头在全国还没有那样出名,直到后来电视剧《宰相刘罗锅》上演后,荔浦芋头才名声大振,风靡了全国。于是一道"荔浦芋头扣肉"就成了桂林美食的代表。其实,荔浦芋头扣肉做得再好,也是芋头和肥瘦相间的大肉片子,各尝一块,也早就被打倒了,引不起太大的食欲来。至于用桂林本地各种鱼虾做的菜肴,在各地都能吃到,也就不算是什么特色了。倒是桂林用田螺做的"平乐十八酿"颇具特色,所酿的东西远比上海人爱吃的田螺塞肉更为丰富,花样也多,又岂止是"十八"之数?

桂林的酸笋应该属于泡菜之类,过去在北京稻香春里也有卖的,不过北京人赏识这个的人很少,后来也就很少看到了。

唯独让我留恋的就是桂林的马肉米粉了。

在桂林，卖米粉的大小餐馆比比皆是，就是在全国各地，也有些专营桂林米粉的街头小店。我记得很多年前，在珠市口路南，原来的开明戏院（后来的民主剧场与珠市口电影院）西侧，也有家经营桂林米粉的餐馆，还红火了不少年。不过，这些店卖的桂林米粉相比当地的还都不够地道。

桂林最传统的米粉要数"马肉米粉"。旧时桂林不乏马肉，原料是不缺的。近些年来，马肉就不那么广泛了。记得上世纪八十年代末去桂林，在"又益轩"还能吃到真正的马肉米粉，那种米粉是盛在像茶盅似的小碗里的，普通饭量的人吃上二十多碗不在话下，就是女士们吃上个十来碗也不新鲜。九十年代后期再去，虽然还能吃到马肉米粉，但是已经没有了这种形式。马肉米粉里所用的马肉，制法不同，有腊、腌、卤、酱等各种风味。米粉也是特制的，基本是一根条盘绕，滑嫩圆润而不糟，色泽白亮，据说这种米粉要比普通的米粉成本高出很多。

下米粉的汤是煮马肉的汤，这种汤要经过几个小时的炖煮马肉和马骨才成。米粉都是盘好的小团，放在笊篱里在马肉汤里一冒，就可以盛在小碗里，然后浇上马肉汤，敷上几片切得极薄的马肉，再放点配料，淋上麻油和辣子。

刚吃的时候可能略有些不习惯，主要是略带些酸味儿，但是米粉爽滑，肉汤不腻，越吃会越上瘾。前几天特别想这个，给桂林的朋友打电话，他说马肉米粉当然还有，但是年轻人都不大吃了，尤其像我说的那种小碗的马肉米粉，在今天的桂林已经基本绝迹了。记得那次去吃马肉米粉一次还不过瘾,临走时又在匆忙中去吃了一次,差点耽误了航班,至今记忆犹新。

当年在桂林吃的是百年老店又益轩的马肉米粉,很多年没去了,于是心血来潮,在网上搜寻"桂林又益轩",出乎我意料的是,后面的一些评论表明如今的年轻人对此并不感兴趣。时过境迁,今天桂林的米粉虽然也很兴盛,又多以其他卤味替代马肉,旧时那种吃马肉米粉的形式却已经很难寻找了。

抗战时期,桂林是全国各地流亡师生聚集的地方,看到许多彼时在桂林的学子与教授的回忆中,都提到过在桂林吃马肉米粉的往事。据说当年李德邻夫妇曾经在清晨骑着马到又益轩去吃马肉米粉。前些年,白先勇也曾去又益轩店里吃马肉米粉,追寻儿时的记忆和难忘的味道。

2006年去新疆十余日,其中安排了从乌鲁木齐飞伊犁参观。伊犁一直是我十分神往的地方,而且去趟伊犁不容易,因此颇为兴奋。其中一个最重要的目的就是想去抚远古城看看原伊犁将军府的旧址。

清代自乾隆二十七年开始置伊犁将军,至1912年终结,旧址就在霍城县内,今将军府内依然花木扶疏,"将军亭"也被重新修葺,最后一任抚远将军即是志锐。伊犁将军的设置对安定我国北部与西北部边疆、维护国家的统一和领土完整有着重要意义,能到此一游,可谓不虚此行。

承主人盛情,第二天上午即安排了一个很特殊的招待,那是在一个花园式庭院的凉亭中，铺上地毯——也许人家平时是席地而坐的，怕我们不习惯，特地放上桌椅。这个宴席很特殊，完全是新疆特色，以瓜果为主。彼时金秋，正是新疆瓜果最丰盛的季节，有各种葡萄、西瓜、库车梨、哈密瓜等等，可谓琳琅满目，五光十色，除了在画报和油画作品中，我还从来没见过这样的水果盛宴。可惜我有糖尿病，不敢太放肆，只好浅尝了些西瓜和哈密瓜，确实是平生吃过的最好的品种。除了水果，席间还有许多各色炸馕和油香之类的吃食。时近中午，又陆续送上了做得很精致的最具新疆特色的抓饭、烤包子等，都是招待客人的精美食物。但是唯独没有我慕名已久的伊犁小吃——面肺子与米肠子，大概是主人以为这些街头小吃不登大雅之堂罢。

在新疆各地，或许也能吃到米肠子或面肺子，但是都没有伊犁的正宗。到了伊犁，焉能不尝尝这里发源的米肠子和面肺子呢？于是那天晚上特地溜出宾馆，到街上吃了米肠子和面肺子，如愿以偿。

制作米肠子和面肺子，一般都在宰羊之后，细心地将羊内脏完整地取出，用清水灌洗羊肺至白净无色，羊肠翻洗干净备用。将羊肝、心和少量肠油切成小粒，加适量胡椒粉、孜然粉、精盐与洗净的大米拌和均匀做馅儿，填入羊肠内。再将白面洗出面筋，待面水澄清后，滗去大量清水、留少量清水搅动成面浆，再取小肚套在肺气管上，用线缝接，然后把面浆逐勺舀出倒入小肚，挤压入肺叶。再将以少许精盐、清油、孜然粉、辣椒粉调好的汁水用上述办法挤压入肺叶。然后用绳扎紧气管封口。再把米肠子、面肺子和卷有少许辣椒粉用绳扎的面筋羊肚入锅煮。煮时，还须在肠子中的大米半熟时，用钎子遍扎肠壁，使之放气放水，以防肠壁胀破。米肠子与面肺子煮熟后取出，稍凉切片，混合食用。肠糯鲜，肺软嫩，羊肚、面筋有嚼劲，喷香可口，风味独特。米肠子和面肺子是利用羊的下水做的一道名小吃，不愧为新疆民族风味之佳品。

这种东西我估计大多数内地人是不敢问津的，就是喜欢吃羊肉的也未必肯吃。这东西不同于东北朝鲜族的米肠，味道也不相同。一般来说，我是不吃皮牙子（洋葱）的，但是米肠里的皮牙子却能接受。

米肠子和面肺子是可以分别要的，但一般是一碗里两种都有，从热气腾腾大锅里捞出，现吃现切，浇上辣椒油，实在非常好吃，远远超过了北京的羊杂汤。那晚上我居然吃了两碗，令人难忘，离开了伊犁，再也没有吃过这东西了。

山东济宁的托板豆腐也是独具特色的地方美食。

两次去济宁，一次是在八十年代末，一次是在九十年代末。济宁是京杭大运河上的重镇，也曾是清代漕运总督衙门的驻地，更是漕运南北交汇的枢纽。第一次去济宁是为了去嘉祥武梁祠，仅在济宁小住了一夜。第二次也是来去匆匆，没有能真正了解济宁的地方美食。

来前早就听说济宁有种路边小吃叫"托板豆腐"，从文字的叙述中就很神往，可惜第一次路过，不好意思下车在路边要上一份尝尝；十年之后，再也不可放过这个机会，终于如愿以偿，吃到了觊觎已久的托板豆腐。

托板豆腐是趁热吃的，豆腐放在一块长约七八寸、宽约三寸的木头托板上；据说那木板是用香椿木做的，大小薄厚相宜。豆腐是刚出锅的，热气腾腾。卖托板豆腐的会从整块的热豆腐上用像医疗的压舌板似的工具准确地切下一块长方形的豆腐，放在木托板上，再用那工具在豆腐表面斜着横切三四刀，接着用同样的工具在上面抹好辣椒酱，这样一是可以使作料渗入豆腐里，二也是便于顾客吮吸。

托板豆腐的吃法独特，也是需要一些功力的。初到济宁第一次吃的人，也可以要个工具，就是像卖豆腐人用的那种东西。不过，这样吃不免有些煞风景，一看就是外行。内行吃起来是有技术的。在济宁街头卖托板豆腐的摊子前，会看到人们弯着腰，用脸对着托板，对着豆腐嘬的样子，还发出呼噜呼噜的声响，可谓是济宁街头一景。不会吃的人往往会弄得满嘴满脸，十分狼狈。

托板豆腐都是老百姓自家现磨的新鲜豆腐，味道特别鲜香，还有股卤水的味道，在超市等一般地方是绝对吃不到的。不过，据说这种托板豆腐被指责"不卫生"，今天在济宁的大街上已经很少看到了，只有在小吃街上才能吃到。

桂林、伊犁、济宁相隔数千里之遥，马肉米粉、米肠子与面肺子、托板豆腐又是风马牛不相及的几样食物,这些东西如果不是深入其地,是绝对吃不到的。在各地的美食中,有很多都是不能走出来的,即便在今天信息这般发达的时代,也无法快递闪送。多么希望那么多的地方美食不要消失在现代化的都市中,而能留给人们一些思念和不同的地域感受。

闲话牛肉干

牛肉干这东西平时很少吃,一是现在一日三餐间很少吃零食,二是岁数大了,越来越咬不动这玩意儿了。

如今很多地方都出产牛肉干,口感和味道都大不相同。内蒙古出产的牛肉干好像最多,但是肉质太硬,味道也相对单一。西南各地还出产牦牛肉的牛肉干,就更显得干硬了。

前些年,各大商厦卖食品的部分都有个新加坡的品牌"美珍香"的专柜,无论是猪肉脯还是牛肉脯,卖的都是很大一张,但也可以分切成小块,分别包装零售。"美珍香"是新加坡的老字号、老牌子,前些年在各地卖得都很火,这几年倒是逐渐淡出市场了。

我很怀念小时候在东安市场的稻香春吃到的"蜜汁牛肉干"。这种蜜汁牛肉干大概今天没有人再有什么印象。我在十岁以后就再也没有吃过,算来已是六十多年前的事了。

小时候去东安市场总是分别被两位祖母带着去的,几乎没有和父母同去的记忆。我的两位祖母生活方式与作风迥然不同。老祖母的生活相对简单,尤其是不吃零食,她带我去东安市场和王府井，最多也就是在北门的丰盛公吃碗奶酪或喝杯酸梅汤，再不就是去二道街南面西侧的荣华斋楼上吃个奶油栗子粉或冰激凌。而与祖母同去就大不一样了。我的祖母是位"零食大王"，她永远离不了各种零食，家里会有各种各样的糖果和零食，因此亲友和院子里的孩子都叫她"糖奶奶"。只要家里的零食或缺，就会去东安市场买了补充。此外，各地的零食也都常备，如南方的芝麻糖、大福果、良友橄榄、和顺橄榄、苏州的白糖杨梅等等，都是常备的。老祖母极其反对她的生活方式，对给我吃零食也特别反感，认为很不健康。我在寒暑假住在老祖母那里是绝对没有零食吃的。

跟着祖母去东安市场，第一站就是北门右侧的稻香春，她会买各种各样的南味食品和奇奇怪怪的零食，而每次必买的就有蜜汁牛肉干。

这种蜜汁牛肉干是装在小纸袋里出售的，是不是稻香春自己做的，我就不得而知了。包装很简陋，就是个印着红字的小纸袋，袋子里还有个蜡纸小包，为的是不使汁水渗出。每袋的分量最多也就半两，大约五六片。撕开袋子，打开蜡纸，那牛肉干的颜色是赤红的，非常黏，用手拣出一块，都会与其他的拉黏儿，形成丝状，会弄得粘手。祖母和我每次买了这种牛肉干总会立即打开就吃，好在没有几块，不大工夫就都吃完了，再用湿手巾擦。绕过西门，还走不到亨得利那儿，另一包又吃掉了。

这种蜜汁牛肉干味道很甜，虽很糯软，但也有嚼头，吃到最后，都不会如同渣滓而无味。

1969年至1971年，我在内蒙古的乌兰布和大沙漠中生活过将近两年，那时生活艰苦，一年能吃到肉的机会不多，可以说是"嘴里淡出了鸟"。我们那里是农牧混杂的区域，实际上无论农与牧，在这片沙漠中的比例都是很小的，大部分都是戈壁和沙漠。我那时作为"上士"，负责采买，于是比起其他人就灵活方便多了。周边有两个"苏木"（即牧区的公社），散居着不多的十来户牧民，都是蒙古族，放牧的多是羊和骆驼。时间长了，也都混得很熟。虽然语言不通，但是他们懂几句汉语，我也懂几句蒙语，勉强沟通是没有问题的。

这地方很少能看到耕牛，而放牧的牲口中也几乎看不到有牛。但是那些牧民却在家里都藏着些牛肉干，到底是牛肉还是骆驼肉干？我真是不敢断定，但绝对不会是羊肉干，羊肉干一吃就会吃得出来的。这种牛肉干制作大概十分简单，就是将牛肉煮熟切片风干而成，不过我觉得煮牛肉时是会加些调料的，不然仅是放些盐是做不出来的。牧民做的这些牛肉干就是为了留着自己吃：在毡房里熬上一壶奶茶，放上些炒米，就着奶酪奶饼，再嚼上几块牛肉干，其乐融融。

牧民好客，无论什么时候去他们的毡房里讨碗奶茶喝都是毫无问题的。但是在那时，牧民生活也很苦，奶酪和牛肉干之类也是轻易不会吃的。后来我知道他们家里的牛肉干虽然藏起来舍不得吃，但要是想弄点出来，也并非难事。

牧民不稀罕钱，他们用钱在苏木里买东西的机会也不多，想用钱买他们的牛肉干是不太可能的。牧民大多吸烟,男人吸,女人也吸,吸的都是那种呛嗓子的旱烟。其实他们对纸烟也都很羡慕,只是没有去苏木买这东西的习惯。偶尔给他们一支卷烟,他们会非常高兴。

提出想买他们一点牛肉干,他们稍犹豫一下,就会说:"达木嘎,白努?"在蒙语里,"达木嘎"就是香烟,他们会先说名词主语,"白努"则是"你有吗"。于是,用香烟和牧民换点牛肉干就成了我的一大发明。

那时在内蒙古能买到的最好的香烟牌子是"钢琴伴唱红灯记",这个牌子的名称的确就是这样长。厂家有两个,一是内蒙古卷烟厂,一是石家庄卷烟厂,但价钱都是每盒两毛九分。那些牧民也很精明,包装他们都能认得出来。他们只认石家庄卷烟厂出品的,不要内蒙古卷烟厂出品的,虽然价钱完全一样,但是石家庄出的"钢琴伴唱红灯记"就能比内蒙古出的多换三分之一的牛肉干。

这种"土牛肉干"绝对谈不上好吃,但是在吃不上肉的年代,也算是聊胜于无了。

前几年,和团队去西南做非遗考察,去了贵州的黄平、凯里等许多地方,每到酒店,都会看到酒店大堂的商店里卖各色贵州特产,也有很多不同品种的牛肉干,但是从来未敢问津。云南丽江的玉龙雪山下有很多卖牦牛肉干的,我就知道好吃不了,那次同行的几位从美国来的亲友非要买些尝尝,结果坚硬得不得了,不要说是我,就是几个年轻人也嚼不动,结果都留在了酒店里,连带都没有带回来。

2017年秋天去美国,我们从圣何塞出发,开车经过西部的洛杉矶,直奔美国西南与墨西哥毗邻的圣地亚哥(又译圣迭戈)。我们这辆七座的旅行车里都是六七十岁的老人,而儿子儿媳两人自己开着轿车出发,自由自在,只是与我们在圣地亚哥会合罢了。人家有导航,不愿与我们这些老人为伍,也是完全可以理解的。

洛杉矶一段的路很不好走,而在圣地亚哥盘桓几天后,回程又正赶上临海的一号公路在修路,只得改走其他路段,走走停停,几乎每到休息站必停。美国的公路早有领教,有的很好,有的很糟,塞车的事也绝不鲜见。好在车上备足了各色食品,吃吃喝喝慢慢走。

零食之中,牛肉干颇起作用,那次是我几十年中加起来吃过的最多的牛肉干了。

美国人吃东西没什么品位,同类的食物,品种、花样并不太多。在美国最流行的牛肉干就是 Jack Link's,这也是流行了很多年的老牌子,在美国公路上的任何休息站和售货亭中都能买到。美国人总是喜欢在嘴里嚼些什么,要说最常见的,恐怕就是口香糖和牛肉干了。

Jack Link's 的牛肉干有三种口味,有的在大包装里会分别装有三种不同的口味,也有单纯一种的。各种分装,价钱不等。我最喜欢那种黑胡椒口味的,很香,微微有点甜,既有嚼头,又不很硬,也不怎么塞牙。因此我只买这一种。美国人其实也很保守,不喜欢创新,Jack Link's 这个品牌可以说流行了几十年而无敌手。它的保质期也很长,打开后大约就是保存半年也不会变味儿,还会保持一定的湿润度。

牛肉干这东西与我们离得越来越远了,不过,我总是会想起在十岁之前吃过的稻香春的那种蜜汁牛肉干,想起和我的两位祖母同去东安市场的日子。

豆苗青青

畅安（王世襄）先生曾写过一篇谈豌豆苗的文章，也讲到抗战期间他在四川李庄营造学社时吃过极佳的豌豆尖。后来读到一篇作者名陈新的文章，《青青豌豆苗》，引经据典，从《本草纲目》的考证到苏轼、陆游的诗词，广有涉猎。关于这些，我从来就没有做过考证和研究，也因此长了不少学问。

旧时北方人是不大吃豆苗的，并不是因其贵重，而是不会以此入馔，况且在北方很难买到这种东西，一般走街串巷的卖菜挑子或车子，都没有这种蔬菜。

近些年来，豆苗变得十分普及，无论在川、鲁、淮、粤的馆子里，都会有几样素菜，如清炒芥蓝、香菇菜心、清炒豆苗等。每次点菜，服务员都会问一句："您不来个素菜？"于是向你介绍以上的几种。其实，馆子里素菜几乎没有一样是好吃的，只不过是应个景儿罢了。如果要一个清炒豆苗，准会觉得上当。因为有的馆子用的豆苗运送的时间已经长了，有些并非细嫩的豌豆尖，而几乎是整根的豆苗，吃到嘴里不但没有清香气，反而如同吃草，大倒胃口，几乎没人下箸。

旧时北京的馆子里不做这个菜,更没有单纯"清炒"一说。我小时候第一次吃到豆苗是在东安市场的奇珍阁。

旧时的东安市场有各种风味的餐馆,做得都还很不错,如北门内的江苏馆子森隆,东头的苏帮菜五芳斋,东南边的粤菜小小酒家和川菜峨眉酒家,北门左手边是清真东来顺,中街东侧有坐南朝北的湖南馆子奇珍阁,丹桂商场中间的西餐吉士林、南花园东侧的日式料理和风餐厅,以及最南头的国强西餐(后来国强搬走,开了和平餐厅)……这些馆子基本都是生意兴隆,唯独奇珍阁的买卖显得有些清淡。体面的三层楼房,多数是门可罗雀,但是照样维持了许多年。

有人说这里的风水不好,坐南朝北,其实,小小酒家和峨眉也都是坐南朝北,生意也都不错。这家奇珍阁在我的印象中,从来没有和家里大人去过,倒是上中学后和同学或独自去过两次。

五十年代初,北京的湖南菜馆仅此一家,曲园和马凯都还没有开业,据说在京的湖南人小聚和请客都在此,其实生意并不太冷淡。尤其是最近周绍良先生的公子启晋对我说,他小时候曾一度在此包饭,中午放学后就天天在此用餐,还说奇珍阁三层楼面,其实经常有湖南耆旧在此宴客。这就是我孤陋寡闻了。

太辣的菜我吃不习惯,但是那时奇珍阁的湘菜确实并不怎么辣,这才是真正湖南传统菜的本真,如今的湖南菜倒真是面目全非了。

北京的奇珍阁其实就是湖南长沙的奇珍阁分号,湖南的奇珍阁开设于光绪年间,本来规模不大,只能经营堂菜,也就是说没有承接大型宴会和婚丧嫁娶的能力。直到辛亥鼎革后，搬到了长沙的青石桥，才真正地红火了起来。后来，湖南闻人、名记者萧石朋常来此吃饭，并为奇珍阁自拟菜单子，取名"萧单"，于是更助长了奇珍阁的生意。据说当时长沙的周氏名厨掌灶，生意一直很好。虽然抗战时期经历"长沙大火"，但是很快又得以恢复，兴隆如初，因此才在北京的东安市场开了分号，与稍后的曲园、马凯成为北京三大湖南馆子，各有各的特色，如曲园的酸辣肚尖、红煨甲鱼裙边、东安仔鸡，马凯的酸辣鱿鱼、汤泡肚尖和奇珍阁的发丝百叶、寒菌面等等。

我上中学时去吃奇珍阁，和同学两个人一般只要两个菜，做得却极好，印象最深的是其中的豆苗炒虾仁。那年代的炒虾仁都是手剥河虾，哪里有今天这样的冷冻虾仁？所以味道是大不相同的。像森隆、五芳斋都有清炒或是番茄虾仁，但是都过于油腻，口味也偏甜。而奇珍阁的豆苗炒虾仁却是生面别开，与那些大不相同。豆苗的颜色是翠绿的，仅取豆苗的顶尖部分，虾仁雪白而不油腻，菜一上来，单凭那色泽就已先声夺人。这道菜既清淡又鲜香，豆苗的清香味儿祛除了虾仁的腥气，鲜美至极，后来我再也没有吃过出其右者。

今天餐桌上或是馆子里豌豆苗之所以不好吃，一是栽培的问题，二是所取的部位过长，三是从采撷到做菜之间间隔的时间过久。如今有些餐厅里的豆苗是自己栽培的，用一个大木箱子种植。再有是从批发市场购进，其味道比大田里种植的豆苗都有会很大的差异，那种清香的程度相差很多。再有就是餐馆为节约成本，豆苗不是仅取其顶尖部分，之所以吃到嘴里如草的感觉，就是茎部用得太多。

今天餐馆里多以"上汤豆苗"为号召，而所谓的"上汤"，不过是猪骨鸡鸭的浑汤，其实对豆苗的清香是起到破坏作用的。上汤不是不好，而是并不适用于新鲜的豆苗。

前些年，我在江苏泰州一家馆子里吃过他们的清炒豆苗，极其鲜嫩清香。和老板聊聊，他说他们家的豆苗是和当地的农民独家订货的，每天一早就从地里将新采的豆苗带着露水送来，外面用蒲包包着，而绝对不能装入塑料袋子，这样一沤，豆苗很快就失去了清香。老板说，他们清炒的豆苗仅用素油，不沾一点荤腥，急火爆炒一下，略撒点盐花，不放味精和鸡精，保持豆苗的本味才好吃。

无独有偶，我在重庆的北温泉附近的一家小馆子也吃过这样的豆苗。四川的豆苗是出名的，也是最平常原料，农田大棚俯拾即是，也不会舍不得选其最嫩的部位。我在后厨看到，他们将很长的茎都扔掉了，所以特别鲜嫩。就是普普通通的清炒，也没有什么"上汤"之类，还其本味，对川菜那种浓郁的重口味是最好的调节和冲淡。

看来，豌豆尖和豌豆苗叫法不同，大概所取的部位也有异罢。

看到有的教授烹饪的书中，居然还有用葱花炒豆苗的方法，真是匪夷所思。葱与姜、蒜、韭、芫荽本是小五荤之属，浊气甚浓，是会完全破坏豌豆苗的清香之气的，这种误人的教授，真是大煞风景。至于用豌豆苗和豆腐一起做汤,倒是完全可以的,雪白与翠绿的搭配,相得益彰,也是清淡的美味。豌豆苗,在各种菜肴之中,应该是呈现着一种蒲柳之姿的美与味道。

我家也有一道自创的汤菜,就是用青蛤、南豆腐、燕皮、豌豆尖做的,青蛤必须是活而新鲜的,开水焯后剥出蛤肉,南豆腐也要先用滚水冒一下,去其豆腥味儿,再以福州的燕皮(也叫肉燕、扁食燕)洇湿后包些鲜肉,清汤稍煮沸,立即放入新鲜的豌豆尖上桌。如此,豆苗的清香不辍,清淡而爽滑,鲜香至极。

豌豆苗不是什么贵重蔬菜,南方的乡下多在田间地头种植,不会占用正经的稻田或耕地,很多就是有意无意生长于荒野,正像贾岛所说的"黍穗豆苗侵古道,晴原午后早秋时",在江南,大抵一年三季里都能吃到新鲜的豌豆苗。

豆苗最喜欢江南的雨水,"南山豆苗肥,东皋新雨足",雨后初霁采摘的豆苗才是最好的。在南方的农家,经常会在午饭或是晚饭前,随手采撷些新鲜的豆苗,洗洗,仅取其顶尖部分,用调料拌拌,就当凉菜吃。山野乡情,浑如一体,又是何等乐事?

有人将豌豆苗与野豌豆混为一谈,其实是两种完全不同的东西,野豌豆在上古时也被称作"薇",《诗经》即有"采薇"篇目。"山有蕨薇",大抵指的就是这种东西。苏轼被谪贬到黄州时,想念家乡的野豌豆,请好友巢元修特地从四川带来野豌豆的种子在黄州栽种,于是当地也就将这种野豌豆叫做"元修菜"了。其实这两种东西是不能混为一谈的。

年年红熟见杨梅

杨梅是南方水果,旧时因为交通运输没有今天这样发达,因此在北京面上的水果铺子里不太常见,成熟的杨梅只要过了两三天卖不出去,会很快腐败,水果铺子就会蚀本,所以水果摊子上大多不卖。偶有见到者,多是从南方特地运过来的。

再有就是北方人的口味,除了荔枝可以接受,对其他南方水果如枇杷、杨桃、鲜龙眼、木瓜等都不是很喜欢。内子虽然是地道的浙江人,但是两岁就来到北京,也就入乡随俗,很少吃南方水果了。

杨梅在中国种植的历史很长,据说在浙江余姚新石器时代的河姆渡遗址,就发现了该地有7000多年前的杨梅种植历史。

杨梅在江南许多地方都有,苏州的东山盛产杨梅和枇杷,还有浙江东南等所产,都是最好的。岭南也产杨梅,但是比不上浙江的好,难怪陆游在其《夏秋之交小舟早夜往来湖中绝句》中说"天与杨梅成二绝,吾乡独有异乡无"。陆游是山阴(绍兴)人,因出此句,其实杨梅遍生于江浙大部分地区,又岂止于山阴呢?

虽然新鲜的杨梅在北京不是很多见，但是蜜饯的杨梅从小却吃得很多。我的祖母特别喜欢吃零食，更喜甜食，每次去东安市场都会买回各式各样的零食，当然南方的干果蜜饯是少不了的。苏州的采芝斋、上海的冠生园和北京的稻香春都有一种"白糖杨梅"，苏州采芝斋的略有些咸，不如上海冠生园的好。这种白糖杨梅是用新鲜的苏州洞庭山出产的杨梅，经过筛选，剔除个头小、腐烂、核大的，用矾水漂洗，入锅中稍一煮沸，即捞出晒干，用砂糖腌制，之后须待梅刺发硬，就可以进行笃砂工艺了。据说在南方的阴雨天是绝对不能笃砂的，否则糖就会化掉。最后经过几次擦揉，让白糖渗入梅刺，就完成了。

从小喜欢这种白糖杨梅，直到现在，每次去上海，必到淮海中路的长春食品店买一些带回北京。糖尿病不能多吃——按照大夫的理论是根本不能吃，但是还会过过买白糖杨梅的瘾，买回家也就浅尝几个罢了。同时还会买些大福果、陈皮梅、加应子等等，这些，都是南方人的四季茶食。

因此，我想小时候的对杨梅的印象就是这种蜜饯的干杨梅了。

苏轼倒霉被贬到惠州时也写过杨梅。好像惠州的杨梅更是不值钱，于是有了"新居未换一根椽，只有杨梅不值钱"，其清寒窘困是可想而知的。岭南确实也产杨梅，我在广州也吃过，那是远远不能与江浙的杨梅相比的。

每次去江浙，都没有赶上杨梅成熟的季节，我从来没见过树上长的杨梅是什么样。大概最好的季节就是阴历五月节（端阳）前后，所以司马光有"懒开粽叶觅杨梅"的句子，也就是李白所谓的"江北荷花开，江南杨梅熟"的时节了。

也有朋友会送些杨梅来，快递来时还带着冰，但是都没有觉得太好：不是有些发干、水头略减，就是颜色发黑、口感酸淡。

后来曾在北京的新荣记吃过一盆新鲜杨梅，实在是至今难忘。

几年前，一位图书业的朋友在北京新荣记请吃饭，宾主仅五人，除了主人，客人只有出版家董秀玉，香港媒体人、作家陈冠中夫妇和我。

那日北京奇热，高温竟达三十七八度，室外如蒸笼一般。上楼被带到包间后，董秀玉先生已经先到了。落座甫定，发现沙发前的茶几上早预备下一大玻璃盆的硕大杨梅，是我见过个头最大的杨梅了。颜色呈深紫红，下面还略垫着些冰块，更显得玲珑剔透，鲜亮可爱。这盆杨梅实在是太鲜美了，主人说，是上午才从浙江台州空运过来的，不到二十四小时，让我们尝尝。主人偶吃几个，只有我和董秀玉先生两人大嗒，不大工夫几乎消灭殆尽。等到陈冠中伉俪到了，已然所剩无几了。

新荣记的菜是很好的，不过那天吃的是什么已然记不清了，唯一印象深刻的就是这盆极其新鲜可口的硕大杨梅了。饭后，主人又让饭店重新端上一盆，宾主五人也毫不客气地吃到一颗不剩。杨梅味道之甜美，绝对不输荔枝，难怪明代徐阶说,"若使太真知此味,荔枝焉得到长安"。杨贵妃吃没吃过杨梅不知道,但是杨梅确实是好吃的。

那杨梅又大又甜,汁水饱满,是我平生吃过的最好的杨梅。

这两年,盒马生鲜超市里也有装在小盒子里卖的杨梅,味道还不错。儿子他们去超市买东西,时常给我买一小盒,一盒也不过六七颗。我总是觉得那是用甜水煨过的,那甜总有些不自然。放在冰箱里,倒是好久也不会变质,偶尔拿出吃一两颗,总是赶不上从台州坐着飞机来的。

菌子的世界

我小的时候生活在北方,能吃到的菌类相对是很少的,大抵只有冬菇、口蘑和东北的猴头菇。这些都是需要干发的。那时北京很少有人吃鲜的菌类,如今天人们能从市场买到的新鲜圆蘑、白松茸、羊肚菌、金针菇、杏鲍菇、鸡腿蘑、虎掌蘑之类,过去大城市里都是没有的。

凡是干发的菌类,因为经过了挑选、晒制等流程,价格都不是很便宜的。那时馆子里的香菇菜心、烧二冬等,用的都是干发的冬菇。记得几十年前,有人给家里送了东北野生的大猴头,个儿很大,呈黄褐色,与今天看到的那种人工种植的猴头有很大区别。水发后,一个猴头能切成七八块,用来炖肉,极其好吃。最后砂锅里猴头被一抢而光,剩下的竟然都是猪肉。

东北的野生猴头今天已经很难找到,有些名为"野生猴头"的,多半是冒牌货。这种人工种植的猴头用来炖肉,是绝对炖不出那种野生猴头的效果的。

我一直认为,"口蘑"一词是不能乱用的。所谓口蘑,仅指生长于张家口外牛马粪上,经过雨水沤发后自然成长的野生蘑，现在这种口蘑已经近乎绝迹，甚至可以这样说，目前市面上是见不到的。即使有，也是人工培植的。那些口蘑罐头无不是人工养殖的蘑菇，真正的野生口蘑如果觅到，是绝对不会低于每市斤千元以上的。

关于野生口蘑，我在以前的书里已经写过，这里就不再赘述了。旧时的山珍当然都是干货，其珍贵不下于海味。这种干发的野生山珍与干发海味是一起在干货店里卖的，如今这种干货店都集中在一些海鲜市场专门的营业区。而在很多的菜市场中也都有卖鲜菌子的摊位，摆放着各种菌类，虽然很多价格不菲，但也都是人工种植的。

吃鲜菌是近三十年的事，尤其是云南的菌子火锅，近些年来十分流行。记得二十多年前，亲戚从美国回京探亲，一下飞机就说要我请他们去吃顿云南的野生菌子火锅，说是在美国就久闻其名。我们安排了在台基厂附近的一家专门经营云南火锅的店里请他们大吃了一顿。其实也都是云南一些普通的菌子，但他们觉得非常满意。那时美国还没有吃云南菌子火锅的地方，所以觉得很新鲜。

汪曾祺先生有好几篇写菌子的文章，他对菌子的热爱应该说是从西南联大读书时开始。彼时生活艰苦，但在西南联大食堂的餐桌上，牛肝菌却是常见之物，颜色如牛肝，滑、嫩、鲜、香四美毕具，很是好吃。汪先生同时也提到红烧油鸡枞，在昆明的大小餐馆中，一盘红烧油鸡枞的价格大抵相当于一盘黄焖鸡的价格。中国的菌子有几千种，可以说其中的百分之七十都生长在云南境内。因此，在云南的各大中小城市里，绝对不用担心吃不到野生菌子。云南人对菌子的钟爱超过了任何地方，几乎每个城市里都有专门卖菌子的市场。天刚拂晓，很多人都会守候在门口，等着那些新采的菌子上市。他们熟悉那些五花八门的品种，更知道其采撷的时间和新鲜程度。

北方人不大会烧干巴菌和油鸡枞，近几十年来，我们多是购买云南出产的瓶装制作好的干巴菌和油鸡枞。我对此两种油浸的菌类情有独钟，除了佐餐，要是用来拌面，那浸过的干巴菌和油鸡枞都特别香，合着菌子一起拌入面中，鲜美无比。

在众多的菌子里，我最喜欢的要数羊肚菌了。在新源里的菜市场卖新鲜菌子的摊上，羊肚菌也要算最贵的一种了。羊肚菌的伞盖呈球形而圆钝，顶部有网状的花纹；通体像一把折叠的伞。羊肚菌在世界都有分布，中国的产地也有不少，但在云南生长的却是最好吃的，所含的蛋白质也是最高的。我喜欢羊肚菌的口感，软滑而细嫩，不像其他的许多菌子会有嚼不烂的纤维。吃羊肚菌其实不用肉食相伴，就是单独烧烧，味道和口感也是绝佳的。忘了在哪里吃过一次羊肚菌酿肉，是将比较肥厚的羊肚菌从中间剖开，里面塞上肉馅再烧制，倒是有点画蛇添足了。

菌子生长在树林山野，因此总会感到有种山野的诗意和与自然的交融。八十年代初，有首儿童歌曲叫《采蘑菇的小姑娘》，是由朱逢博首唱，很是经典："采蘑菇的小姑娘，背着一只大箩筐，清早光着小脚丫，走遍树林和山岗……"整首歌曲节奏欢快，在念白的语调中伴着音乐的旋律，得到了孩子们的喜爱，传唱经久不衰。

我喜欢菌子与大自然的这种契合；其实这也是菌子在食材中的特殊魅力。

宋代诗人杨万里是将菌子入诗最多的诗人，他有二十多首诗中都提到了菌子，可见菌子在江南也是生长普遍的植物。"响如鹅掌味如蜜，滑似莼丝无点涩"，以菌子入馔是何等鲜美啊。又"数茎枯菌破土膏，即时便与人般高"，雨后的菌子生长速度也是惊人的。"隔岸轻舟不可呼，小桥独木有如无。落松满地金钗瘦，远树黏天菌子孤"，杨万里所描述的菌子生长的意境也是令人怀恋的。

菌类中蕈（音 xùn）的读音很多人念不出来。从植物学的分类上说，我不是专家，不能将蕈与菌子做出严格的区分，但我知道它是一种比菌子更贵重的菌类，一般多生长在原始森林里，采撷是很困难的。

我在江苏常熟的兴福寺（即唐代诗人常建"曲径通幽处，禅房花木深"所谓的破山寺）门前吃过蕈油面，一直难忘。这种蕈油面也是素面之一种，却是素面中最贵的。寺门前有七八家卖蕈油面的，最好的每碗 100 元。那蕈子很小，大约如同衬衫纽扣般大，与蕈油覆盖在面上，别无他物。

松露就属于蕈科，是一种一年生的真菌，多生长在松树、栎树或橡树下的方圆 120—150 厘米之内，主要出在欧洲南部和新西兰地区，在中国云南也有生长。世界上，三种食物被视为最昂贵的美味珍馐，那就是松露、鹅肝和鱼子酱。

松露的气味很特殊，产量极少，法国出产的黑松露和意大利产的白松露最好，中国云南产的就要算是差些的了，但仍然是难得和昂贵的。白松露的气味特别冲，一般用于生食，多是研磨碎了撒在面包和其他肉蛋等食物上，也有的加入奶酪中。而黑松露的气味没有白松露那么强烈，也可以加在很多熟了的食物上吃，还能做蜂蜜等的添加。

我曾因各种事务去过四五次云南，其中两次都是由云南省餐饮与美食行业协会的杨艾军会长接待的，也算是老朋友了。有一次在会议期间，杨会长招待大家去了一个并不怎么豪华的地方吃午饭，饭桌上居然有一道黑松露炒鸡蛋，看似貌不惊人，但是味道非常好。一盘吃完，老杨又让人家照样再来一盘，又是一扫而光。餐桌上的客人不是业界人士就是老饕专家，对于黑松露的价值和味道并非不清楚，但是包括我在内的不少人，却都没有见过原始黑松露的样子，因此一致要求见见黑松露本尊。老杨请经理从厨房的冰柜里取出用细布包着的一团黑松露，介绍说就是云南产的，虽然比欧洲的黑松露差些，但弄到如此一大团黑松露也颇为不易。最后展现在客人们面前的，是看起来一团黑乎乎的东西，如果遇到不识货的，不知会不会当做变质的食物扔掉呢。这团黑乎乎的东西被经理小心翼翼地捧着，在两张餐桌旁都是绕"场"一周，让大家欣赏，然后仔细包好，放回冰柜里去。

黑松露的用途很多，在许多西点中都可以放入黑松露；尤其是黑松露做的蛋糕，身价自然就不同了。不过，我吃过几次黑松露蛋糕，似乎并没有吃出多少黑松露的味道来。

2015年，第16届意大利阿尔巴白松露国际拍卖会在意大利戈林扎内·卡武尔城堡举行，这次世界顶级的白松露拍卖会上的全部所得将用于医院建设和孤儿救助。共有五块白松露竞拍。结果，其中第二大的那块白松露由来自中国北京大董餐饮投资公司的董事长董振祥在现场以3.3万欧元（相当于22.5万元人民币）拍得，大董的魄力和对中国餐饮的完美追求，轰动了白松露的拍卖市场。

2018年的春节前夕，大董请我在他南新仓的店里吃饭，宾主仅四位。除了大董和我，还有北京烹饪协会的顾问胡平女士和一位音乐界的朋友。地点就在南新仓店的二楼，大董的办公室。好像那张长桌子还是现腾出的一半，其余部分还放着一些音响设备等东西。虽然很随便，但是腾出的这一半却布置得挺讲究，完全是精细的西式餐具和磨料酒具。那天的菜很简单，仅有三道主菜，是中餐西吃。

最后一道菜是"阿拉斯加大肉蟹配白松露"，肉蟹很新鲜，肉质很好，都是事先剥好的雪白的蟹肉，放在硕大的蟹壳子里。一起跟着上桌的是一位大厨，戴着高帽子和围裙，手里捧着个硕大的木质研磨器，那白松露是放在研磨器里面的。厨师走到宾主四个人前，依次用这个研磨器研磨出粉末状的白松露，均匀地覆盖在蟹肉上。尝尝，味道不错，但是松露的味道并不很突出。

我笑着问大董，这是不是又是他创意的"噱头"？大董笑而不答，只是问我味道怎么样。我不好意思问他：这个研磨器里的白松露，可是他从意大利拍回来的那块？

牡蛎与海胆

旧时物流交通没有今天这样便利,许多新鲜的海产品都不可能吃到,只能从书本里略有些了解。例如牡蛎这种东西,在法国文学家左拉、莫泊桑的小说中有过很多描述,尤其是莫泊桑的小说《我的叔叔于勒》中,就有很生动的吃牡蛎细节。法国是个海岸线较长的国家,沿着地中海、大西洋、英吉利海峡和布列塔尼都有海岸线,因此,对牡蛎的钟爱可谓世界第一,这也是牡蛎出现在法国文学中最多的原因。

牡蛎在中国北方俗称为"海蛎子",在东南沿海则被称之为"蚝",真正称为"牡蛎"这个词的更多是在中药里,被认为是滋阴壮阳、补益虚劳的佳品,但用的却是牡蛎的外壳。

中国有很悠久的食蚝的历史。苏东坡被谪贬到海南儋州时就有《咏蚝》诗:"蚝浦既黏山,暑路亦飞霜。所欣非自調,不怨道里长。"苏东坡在儋州不但食蚝,还创造出许多食蚝的方法,特别钟爱,谓之"食蚝之美,味至难忘"。

我的老祖母是山东人,有一段时间和祖父寄寓于先曾伯祖次珊公(尔巽)在青岛的宅邸,对那时的青岛饮食津津乐道。

她给我讲述的大抵是福山帮的鲁菜，常常提到其中的"炸蛎蝗"，这在北京的所谓鲁菜馆子里很少见，直到我后来去青岛、烟台才吃到。济南的馆子里也多有这个菜，但是比起青岛和烟台就差多了。

牡蛎隶属软体动物门，双壳纲，珍珠贝目，是世界第一大的养殖贝类。它的外层有半透明的角质层，中间是坚硬的碳酸钙形成的棱柱层，内层才是碳酸钙形成的珍珠层。

在法国吃牡蛎，可以从东南的尼斯吃到布列塔尼沿岸，很多都是从海中捕获的野生牡蛎，比起那种养殖的牡蛎要好得多。品种不同，加上生活消费的不同，南部吃牡蛎就是很豪华的享受了。吃牡蛎，在生活费用高昂的尼斯、戛纳，远比西北的布列塔尼贵得多，因此我们也从来没有在这些地方吃过牡蛎。

巴黎的牡蛎都是从外面运过来的，在巴黎的巴士底有最大的海鲜市场，因此在巴士底附近也就有众多的海鲜餐厅。有些很高级的海鲜餐厅甚至需要正装参加晚宴。我在巴士底的一家餐馆吃过海鲜冰盘。这种冰盘分不同大小，最大的可有三层，其中一层摆放的全部是新鲜牡蛎。由于牡蛎生长在深海，自己带有充足的盐分，是无须再加作料的，仅仅在上面淋上现挤的鲜柠檬汁水即可吮吸进嘴里，匹配着白葡萄酒或兰斯香槟，其美无比。据说，法国人对牡蛎的热爱源自古希腊，但是今天法国人对牡蛎的需求却远远超过希腊人。每到夜晚，巴士底附近的海鲜餐厅座无虚席，如果不是事先订好座位，临时来几乎是吃不上的。

冰盘里的品质很多，如蜗牛、大虾等都是冰鲜，可以慢慢品尝，但是牡蛎是需要最先消灭的。时间略长，味道就会有所减退。法国不愧是全世界最大的牡蛎消费市场。

我们在宏佛勒的港口小店也吃过冰盘，也是两三层，但是价格就要便宜一些，其实味道也差不多。我更喜欢宏佛勒品尝牡蛎的环境和气氛，在露天支起的棚子下面，看着拥塞在港汊里的游船，四周是鳞次栉比的拥挤建筑，暖阳覆盖着小镇，可以说各种色彩交相辉映，难怪这里是画家写生的天堂。宏佛勒吃牡蛎的方法与巴黎别无二致，但是会觉得毫无造作。这里所有人都关注的是自己，随便你穿着什么，就算把牡蛎用勺子挖着吃，也没有人会笑话你。当然，蜗牛如果不借助那长长的扦子，也是掏不出肉来的。洋人基本不吃蟹黄，但是肥嫩雪白的蟹肉伴着醉人的牡蛎却是别有风味。

中国人大抵是不喜欢吃生牡蛎的，除了沿海的渔民，到了餐桌上的牡蛎总会经过简单的炮制。东南沿海城市我去过很多，他们把牡蛎称作"蚝"，如同其他的海鲜，多是蒸着吃的。这样的海鲜大宴几乎没有生吃的东西，但是也谈不上什么烹饪技法。我记得很多次在饭桌上主人问我对食物的评价，我则直言不讳地回答："所有的海鲜原料都很新鲜，但是却没有什么技术含量。"于是大家哄堂一笑。不过他们坚持说不然。他们说，除了东西的新鲜程度之外，上锅蒸的时间大有讲究，少一分不熟，多一分则老了。

东南沿海直到广东湛江的蚝我都吃过，除了清蒸，还用蒜蓉粉丝佐之，即便是蒸熟不加烹制，也多是佐以酱油和芥末。至于像法国人生吃，仅仅用鲜柠檬汁佐之的吃法，他们多是不认同的。近年来随着交流与开放，广东、福建沿海城市也流行起吃生蚝，但是很少用鲜柠檬，仍然是使用传统的作料佐之。坦诚而言，我们东南沿海的牡蛎是远远比不上法国的，个头儿没有那么大，味道也不如法国的鲜美，尤其是近年来大多人工养殖牡蛎，比起野生的深海牡蛎是不可同日而语的。在布列塔尼地区，有种叫做"黑珍珠"的牡蛎，外壳凹凸不平，但是肉质极其鲜美，除了深海的盐分，还有一种特殊的乳香，因此是十分名贵的。法国人把牡蛎吃出了学问，光是从品种而言，就能有二三十种。

在我国的东南沿海，还有种小牡蛎，也叫做"蚝仔"，广东、福建和台湾都有种街边小吃叫做"蚝仔煎"，是用牡蛎拌着木薯粉、鸡蛋、青蒜等摊成饼状，以厦门做得最地道。这东西并不值钱，但是小贩也舍不得给你放很多蚝仔，我每次总是给他双份的钱做一个，味道自然就好多了。严格讲，这种小牡蛎算不得是牡蛎，肉质也差多了。

广东人擅制"蚝油"，也是粤菜中不可或缺的调料，从前北京稻香春有售，都是从广东采购的。后来市面上出售的蚝油质量越来越差，唯有香港真正的老牌子尚能信得过。这种蚝油是从牡蛎中提炼的，只有不惜工本，使用大量的生蚝提炼，才能保证最好的品质。

在广东、香港和澳门的海味干货店里，也能买到干发蚝肉，与淡菜、鱼翅、花胶（鱼肚）、干贝、海参等是一起卖的，但我从来没有买过这种干蚝，不晓得怎么吃。在我的印象中，牡蛎是吃新鲜的，不同于海参、干贝等，鲜的是几乎不能吃的。另外有种淡菜，其实就是贻贝的肉，法国人也是吃鲜的，虽然远远赶不上牡蛎，但是冰盘中也会有，肉质稍粗，远没有牡蛎那样温润滑腻。畅老（王世襄）晚年曾送给我两袋干货，一袋是加拿大出产的、形同象棋子那么大的干贝，一袋是不知产于何处的硕大淡菜（贻贝肉），都是上好的品质。后来那袋干贝慢慢吃完了，而那袋淡菜却放了很多年都没有动过。

渤海和黄海的蛎蝗虽然也是牡蛎之属，但是比起东南沿海的蚝就差得多了，也不作兴生吃，因此餐馆中就有了"炸蛎蝗"这道菜，是用薄面糊裹了，在油里炸过，上桌后蘸着花椒盐吃，佐酒下饭也是不错的。

海胆是极其鲜美的，欧洲人不大吃，但是日本人却极其喜爱。生海胆做的寿司和手卷都很好吃，也会用紫苏的叶子包裹海胆，做成海胆天妇罗。近年来，很多高档商厦中也开了海胆饺子馆。日本人不大吃水饺，但是是有煎饺的，也有用海胆做馅儿的。不过，海胆也是比较金贵的东西，那些以海胆饺子为号召的店里出售的饺子里能有多少海胆的成分，就不得而知了。

与牡蛎相反，海胆在中国多产于渤海湾和黄海一带，东海和南海虽然也有，但是品质远不如渤海湾和黄海附近的出产。每年的春天四五月到入冬之前，是吃海胆最好的季节。海胆周身都是很长的刺，采集是不容易的，但也必须吃新鲜的。但凡是新鲜的海胆都是会蠕动的，蠕动的幅度越大，则说明越是新鲜。大连、旅顺等地管海胆也叫做"海刺猬"，倒是十分形象的。中国人不太喜欢生吃海胆，多是用海胆蒸蛋或做馅儿，其实是大煞风景的。海胆只有生吃，才能体会那醇美的味道。

十年前，我应邀去大连图书馆的白云书院讲座，书院每天招待的饮食，安排得非常得体，少而精致，仅一人量，没有人陪，四菜一汤，做得都很适量，绝对不会浪费。唯一奢华的则是每顿有一只新鲜的大海胆，大到直径或有七八厘米。海胆并不是打开就能吃，需要稍做加工，去掉内脏，仅仅保留海胆的生殖腺——海胆的最精华部位。加工后的海胆是要把这部分再放入壳内的，仍然保持原状。

盛海胆有专用的食器和工具，掀开盖子，用特制的小勺将寿司酱油和辣根搅拌好放入，橙黄色的海胆真是鲜美无比。

接待我的书院负责人说，前面几位来讲座的老师也同样预备下这个大连的特产。但是几位老师都不敢吃，说看着那刺猬一样的还在蠕动的东西就害怕，更甭说吃了。但我却如此喜欢，很出他们的意外。后来的两三天中，他们就每顿饭都安排一只大海胆。

在许多日餐馆子中，都有一种生鱼片拌饭，盛在漆器的碗中，下面是上好的米饭，上面堆满了各种生鱼片，如金枪鱼、鲑鱼（三文鱼）、鲷鱼、鲣鱼、鲱鱼、甜虾等冒尖地堆放在饭上，最顶上会放一撮海胆，其实就是为了点缀，哪里像这样大吃海胆过瘾？实在是太美了。

1928年到1929年之间，我的祖父在大连的别墅中住过一年多时间。祖父的饮食比较保守，但是两位祖母都很新潮时尚，我听她们说过，在大连也吃生鱼片，尤其是加吉鱼的刺身，比金枪鱼和鲷鱼的好吃多了。她们那时还没有"刺身"这个称谓，而是叫"鱼生"。令她们念念不忘的则是加吉鱼，但是后来真正的加吉鱼鱼生就很少了。她们没有提到海胆，不知她们吃不吃。

咖喱饺

咖喱并非是一种香料,而是多种香料的复合品。

咖喱的主要盛产地区在印度、马来西亚、新加坡、泰国和日本等地,但是由于配料和制作方法不同,味道也多有差异。

据说咖喱来自泰米尔语,意即一种复合的酱料,印度民间传说中是来自佛祖释迦牟尼的创造。咖喱的成分是以姜黄为主料,复合多种香辛料如芫荽籽、桂皮、辣椒、白胡椒、小茴香、八角等几十种。最早的原始产地应该是印度;印度人不吃牛肉和猪肉,而咖喱又可以祛除羊肉和鱼类的腥膻。咖喱最初在南亚和东南亚地区传播,到了17世纪后,欧洲殖民者又把这种香料带回了欧洲。

印度咖喱可以称为咖喱的鼻祖,但是亚洲其他地方的咖喱也各有特色,如新加坡和马来西亚咖喱、泰国咖喱、印度尼西亚咖喱和日本咖喱等,在味道上都会有些差异。

咖喱在中国较多的使用大抵是在清末;西菜的传入,首先带来了从南亚和东南亚传到欧洲的咖喱烹饪方法,例如那时的西菜馆子里都会有什么咖喱牛肉、咖喱鸡之类。不过,这已经是咖喱传入欧洲后的利用了,而不是原始的印度或东南亚做法。直到近二三十年,国内才有地道的印度菜和泰国菜餐厅出现,改变了我们对咖喱单一的认知。印度咖喱比较浓郁厚重,色泽也较深。而泰国咖喱却在制作中加入了香茅、鱼露和月桂叶等,并按照不同颜色分为从稍辣到极辣的黄咖喱、红咖喱、绿咖喱等。

新加坡和马来西亚的咖喱相对清淡些,也有特殊的清香,他们在制作咖喱时会放入芭蕉叶、椰丝等原料,有股特殊的芳香味道。至于日本咖喱,可谓是后来居上,制作精细,会有更便捷的分装。日本咖喱在制作中会加入果泥等,味道温和,即便是标明"极辣"的,也不会像泰国或印度咖喱那样刺激。很多人以为日本咖喱是从印度传入,其实是在明治维新后才从英国输入的舶来品。

咖喱的选用可以不必拘泥哪一类,完全可以根据个人的口味调配,我家里做咖喱牛肉、咖喱鸡,就是用一半印度咖喱、一半日本咖喱调配的。

世界上许多国家都会有一种很普遍的点心——咖喱饺。不要说南亚和东南亚地区,就是在英国下午茶层盘的咸味点心中,除了小型的三明治,也会有制作精巧的起酥咖喱饺。

不知道这种点心是怎么被中国人知道的,但起码早在上世纪二十年代,北京的六国饭店和北京饭店中就都会做咖喱饺了。后来在稻香春和一些新潮的点心铺子里,也能买到这种起酥咖喱饺。

五十年代中到五十年代末，在北京东城的灯市东口路北，有家"安利食品店"，或许今天很少人有印象了。这家食品店经营的东西很像是稻香春，至于与稻香春有没有什么关系，我就不清楚了——不过，后来安利歇业后不久，就在那里开了稻香春。那是座不大的两层小楼，外表刷成了淡黄色，楼上从来没有卖过货，好像是有住户。我记得小时候不知为什么上过一次楼，好像是去找什么人，住户不多，仅两三家，都是地板，条件也还过得去。

"安利"的咖喱饺做得最好，甚至超过了东单的"石金"和"祥泰义"，每天现做现卖，如果赶得合适，还能买到刚出炉的。这里的咖喱饺外皮起酥非常好，馅儿是用半肥半瘦的牛肉末、洋葱碎、煮鸡蛋碎屑和口蘑碎屑合着咖喱拌成的，烤好后非常香，咖喱的浓淡恰到好处，微微有点辣，但是能适应一般中国人的口味。皮子用黄油起酥，但是不觉得腻。无论买多少都会给你装在一个稍硬的白纸盒子里，盒子里还会垫上张油纸，为的是不使起酥的黄油渗透纸盒。买回家余温未退，趁热吃，极好。后来，咖喱饺不知从什么时候成了意大利点心，很多意大利餐厅以此为号召。咖喱饺虽然也算是舶来品，但是在北京、上海、天津都很流行，基本没有人拿它当成是西点。

因此，我从小对咖喱饺的印象就是认为安利咖喱饺是最正宗的。

2003年我去新加坡和马来西亚，其中一项活动就是和新加坡的老友孙士毅先生相约，在新加坡见面。

早年新加坡有两大集邮研究会，一是"菜市"，一是"牛车水"，后来"菜市"组织稍歇，"牛车水"则后来居上。而在牛车水集邮研究会中，孙士毅先生可谓是主力中坚。我与孙先生相识多年，他比我长七岁，我们相交十余年。孙先生木讷少言，但是人极憨厚。多年来他一直将新加坡的《牛车水集邮研究》双月刊按时寄给我，也帮我在国外拍卖会上买些我需要的邮品。记得我那枚 1933 年英属福克兰群岛（阿根廷马尔维纳斯群岛）的五先令的企鹅雕刻版邮票，就是孙先生帮我从瑞士拍到的。

孙先生也是著名的集邮家和国际评审员，他那时经常来华参加各种活动，凡是在华举办的大型世界或洲际邮展，他也责无旁贷地都是评审员。

孙先生话虽不多，却很风趣，他来我家吃饭，总说想尝尝真正的老北京风味，居然说想喝豆汁。那时在鼓楼和钟楼之间开辟的一个小吃市场，聚集了二三十家各色北京小吃。大多是一个个的棚子，有玻璃窗，也算干净。那时还多是北京人在经营，做得也算不错。

对于豆汁，不出我所料，孙先生不过是叶公好龙罢了，喝了一口就再也不能下咽了。不过，他对其他的小吃倒是都很喜欢，尤其喜欢一个棚子里卖的"十二鲜饺子"。所谓"十二鲜"，不过是噱头而已，其实就是在"三鲜"的基础上又多加上了什么鲜贝、口蘑、鲅鱼等，并非是传统，不过，价钱自然也就是"顶级"的。最后这顿饺子吃完，孙先生才觉得是吃到了一顿"地道"的北京小吃。

2003年深秋我们去新加坡，孙先生自然十分地热情，除了去他家里看他的藏品外，另外一项重要的节目，就是由他陪我去逛新加坡的邮票市场。新加坡的邮票市场大抵和中国香港、台湾地区差不多，分散在几个不同的地方。那时的集邮市场还很兴旺，不像最近十几年，集邮在全世界走向凋敝。

孙先生那日和我相约，用半天的时间逛几个邮票店最集中的地方，大约都是在商厦中。新加坡寸土寸金，那些邮票店都很小，店主基本都是一个人在经营，较大的店也至多用了一个伙计，再不然就是夫妻双档。一个店里也要盘桓一些时辰，因此几个店逛下来，也已经到下午四五点了。饥肠辘辘，孙先生提出去吃点心。早就知道新加坡的咖喱饺是特色小吃，于是我申明一定要去吃咖喱饺。但是孙先生说，新加坡的咖喱饺徒有其名，不见得有多好，但我还是寄予了很大的希望。商厦里的小吃店很多，几乎无一不卖咖喱饺，有的还配以肉骨茶，不过我对肉骨茶没有兴趣，于是要了两杯咖啡、四个咖喱饺。

孙先生的话没错，这个"正宗的"新加坡咖喱饺确实颠覆了我对咖喱饺的印象，和我从小在安利吃过的完全不同。首先外壳不是黄油起酥的，皮子很厚，虽是烤炉里烤出来的，但是外表光溜溜的，呈淡黄色，个儿也比我以前吃的要大些。馅子里几乎绝大部分是土豆泥，其他的比重很小。虽然咖喱的味道还是很浓郁的，却不像是印度咖喱。那种牛肉与洋葱的复合味儿也几乎尝不到。我问孙先生是不是新加坡所有的咖喱饺都是如此？孙先生说基本如是，而且这家店还是出名的呢。

吃了一个，大抵已经够了，勉强把第二个吃了。孙先生只肯吃一个，又不便带走，新加坡不兴浪费食物，于是我又勉强再吃了半个，将最后的那半个捏碎了塞在了咖啡杯里。这样实实在在的咖喱饺大抵都是碳水化合物的组成，到了晚上孙先生请我们去吃咖喱蟹，反而都没了胃口。不过，很久以后，我倒是很怀念那新加坡咖喱饺的味道，其实很有特色。

做咖喱饺不难，馅子很容易，难的是做皮子。上海的点心店里也都有咖喱饺，做成三角形，很厚，在面上还撒上一点芝麻。每次吃都会觉得很腻，都会令我想起新加坡的那种清淡的土豆馅子的咖喱饺。

我家做咖喱饺都是力图追寻着旧时安利咖喱饺的做法，好在现在能买到一种澳大利亚出品的现成起酥面皮，装在一个扁盒里出售，每盒卖90元，内有7张皮子，每张皮子可以做成七个咖喱饺，一盒面皮就可以做成49个咖喱饺了。每次内子都会做不少，分给大家品尝。

不过，我还是总会想起当年安利的咖喱饺。

慕斯、布丁与蛋挞

一生都喜欢各种甜点,可惜因糖尿病的缘故,近二三十年来都是小心翼翼地浅尝即止。即使如此,只要见到各种奶油甜点,也没有不动心的。

北京相对上海和天津,在"洋点心"方面是土了点,但是最早出手时却起点不低。当年廊房头条的"撷英番菜"和大栅栏的"二妙堂"早已开风气之先;是否正宗,却没人谈到过,因为没有比较就难以鉴别。再后来北京饭店和六国饭店相继开业,西点的水平自然就不可同日而语了。

三十年代末,为了逃避日伪统治,我家有时也住在天津的马场道,父亲也一度在天津的圣路易学校就读,那时他仅有十一二岁。很多年以后,父亲还是非常怀念那时天津的西点,说北京做的难以望其项背。

我小的时候,北京的西点只有法国面包房与和平餐厅做得最好。即使是1954年莫斯科餐厅开业,也是一样。俄国人吃得粗糙,菜不错,但是各种点心是谈不上的。再有,就是北京东安市场内第二道十字街以南路西的荣华斋了。这家西点店的楼上是咖啡厅，点心非常好，绝对不输于东安市场南花园的吉士林。关于荣华斋，我仅见过吴祖光先生的描述，除此没见任何人写到过。

小时去得最多的，就是分别跟着两位祖母去东安市场的荣华斋与和平餐厅，多数是下午，吃点心的次数远比正经吃饭要多得多。因此，这也是我愿意跟着两位祖母同去东安市场的最大诱惑。每次到荣华斋，大多是吃一份巧克力三德（sundae，今译作"圣代"）或是奶油栗子粉——这也是吴祖光先生的最爱。但是到了和平餐厅，则必定会要一个奶油慕斯。

和平餐厅楼下当时仅卖咖啡冷饮，用正餐是要到二楼的。这种奶油慕斯（cream mousse）是事先在容器中做好的，用鲜奶油搅拌后加入适量的凝固剂和少许蛋清，用一种下大上小的器皿，刷上使之不易粘连的色拉油，经过冰冻定型，上桌前再倒扣出来，上面加些很浓的巧克力汁。慕斯里也可略加些细小的菠萝碎丁，口感更佳。慕斯用的是最纯正的鲜奶油，并不是很甜，还有些微酸。一份慕斯上桌时会很硬——这是奶油经过了冰冻的缘故——但既不像是雪糕、冰激凌，也不像是蛋糕和果冻，极其纯正的鲜奶油味道会让你倾倒，这才是最纯正的慕斯。

慕斯最早出现在法国巴黎，后来也在慕斯中加入面粉和鸡蛋，做成各种慕斯蛋糕，成为西点中一个很重要的门类。这种慕斯蛋糕相对都是软软的，比较甜腻，品种和花样很多。不过，我还是觉得只有任何东西都不加入的奶油冰冻慕斯最好，保持了它的最原始风味。

后来，无论是在北京、上海还是欧洲，我都再也没有吃到过当年那种最纯正的慕斯。

布丁是英文 pudding 的音译，作为西餐的饭后甜点名称从来如此。如果翻译成"奶冻"，将会产生感觉上的很大歧义，因此自从传入中国就从来没改过其他的称谓。

据说，布丁的发明最早是在英国，是撒克逊人的传授，最基本的原料就是牛奶、鸡蛋和面粉。最早在修道院里，修士们也会用吃剩的面包磨碎打成浆，作为做布丁的原料，以此避免面包的浪费。布丁可以有各种不同的定型和形成方法，但是最正宗的布丁都是烤出来后再经过冰冻冷却定型的。北欧也有很多水果布丁，内中加上杏子、李子等果料。我也吃过东南亚的芒果布丁，但还是觉得只有那种最原始的焦糖布丁最好吃。

这种焦糖布丁最主要的成分就是鸡蛋和少量的面粉（也可以是面包），用砂糖熬制出的糖浆少许浇在表面，经过冰冻上桌后，却仍然保留了一点上面的焦皮。但下面却是无比软糯的，口感凉凉的，且有发挥到极致的蛋香。这种味道是那些北欧布丁和东南亚的芒果布丁无法比拟的。

布丁也可以是蒸出来的，有点像我们平时所吃的蒸得比较老的鸡蛋羹，但是绝对没有烤的焦糖布丁好吃。

餐后在上布丁前，讲究的餐厅会给你事先换上把"布丁匙"，这种布丁匙很小，是方形扁平的，像个小铲，非常好用。现在什么都讲究创新，喜欢在布丁里加上辅料，或者在布丁上浇些其他的东西。其实都是画蛇添足。

我是直到十岁才见到蛋挞的。

北京旧时很传统，甜点大抵只有两大类，一是传统的中式糕点，二是纯正的西点。蛋挞这种东西严格说既不算是西点，更不是中式点心，又非传统的饭后尾食。

北京的华侨大厦是五十年代在陈嘉庚先生的倡议下创建的，完工于1959年国庆十周年前夕，虽名列"北京十大建筑"之一，但在"十大建筑"中算是规模最小的。后来1988年在原址上重建了华侨大厦，但已经名存实非，不再是旧日面貌了。

1959年刚刚建成时，在一层的东南一角，开设了广式的餐厅——大同酒家。广东的大同酒家是1938年在几家广东馆子合并的基础上创建的，在香港也有分号。1959年随着华侨大厦的落成，北京的这间大同酒家也开张了。当时在北京广东馆子很少，最著名的就数恩成居，小时候跟着家里人也常去，最后在北京南河沿的原文化餐厅旧址歇业。

大同酒家开业，在北京的餐饮界大放异彩，别开生面，许多在恩成居没见过的菜肴令人耳目一新。尤其是各种点心，以吃早茶或晚茶的形式售卖也让北京的顾客大开眼界。早茶每天都是用两三层的推车来回走动，顾客可以自己看着选择，如虾饺、叉烧包、米果、干蒸烧麦、糯米鸡、咸水角、萝卜糕等，还有各种粥品。有些甜点是北京人没有见过的，其中最引人注目的就是蛋挞了。

其他的甜点大抵或与北京类似，唯独蛋挞：酥酥的外托儿，里面是鲜亮的蛋黄，刚刚烤出来，以致随着推车的晃动，

慕斯、布丁与蛋挞

蛋挞中那蛋黄芯子还在抖动，实在是撩人食欲。外面的壳是起酥的，烤得非常到位，而芯子有种蛋香，糯软香滑。早茶或是晚茶吃过，临走总会买上一小盒蛋挞回家，除凉了些外，味道也不会受到影响。那时家里人去吃大同的广东点心，都会给我带上几个蛋挞回来。

八十年代中，我第一次去广州，没想到这种我钟爱的蛋挞满街都有。大大小小的甜品店和糕点店，几乎没有不卖蛋挞的，这大概是我第一次到广州最大的感受了。除了在店铺门口买了吃，还要买几个带回酒店，但是万万没想到酒店的大堂都有得卖，做得还比我街上买的更精致。

据说蛋挞最初是葡萄牙的修道院里发明的。修道院的修女们必须衣着整洁，所穿修女服都需要上浆熨烫，而用作上浆的则是大量的蛋清，剩下了大量的蛋黄没有用，于是就使用起酥的面做成小碗，将砂糖与蛋黄和好的蛋浆倒入成形的小碗中，放入烤箱里烘烤而成。这个说法姑妄言之、姑妄听之罢了。不过，这倒令人想起同和居的"三不沾"，也是因为鲁菜使用大量的蛋清挂糊，剩下了蛋黄废物利用。

蛋挞传入中国的时间很早，在18世纪满汉全席的点心中就已经出现了，而在广东、香港、澳门更是广为传播了很多年。

澳门的蛋挞最著名，成为了当地的标志性食品。澳门的大街小巷都有蛋挞店，但是总有几家格外招人青睐，每天门前都会排起长龙，等待刚刚烤好的新鲜蛋挞出炉。据说澳门的蛋挞并非从葡国输入，而是由英国人传入澳门的，因此蛋挞名来自英文 tart 的音译。

前些年，我在里斯本最著名的蛋挞老店吃过一次传说中最正宗的葡国蛋挞。这家店可以说是闻名世界，几乎到过里斯本的人没有没去过那里的。这家店创办于 1837 年，已经是几代人经营，地点就在热罗尼莫斯修道院的后身。这是不是与那个用蛋清上浆修女服的传说有关？

这家店的蛋挞既有最传统的，也有后来开发的一些新品种，我们当然吃的是最传统的。老店的蛋挞价钱很多年都没有变，一直是每个 0.95 欧元。进店里是需要排队的，据说不但有我们这样的观光客，本地人也都喜欢来这里买蛋挞。蛋挞是现烤的，刚出炉的蛋挞下面有个纸托，买了可不能立即就吃，如果是那样心急，会烫坏舌头的。

香料琐谈

不久前,中国烹饪大师、人民大会堂西餐厨师长徐龙先生寄来一本他的新作《香料植物之旅》。这是一本以香料植物结合烹饪食用的图书,收录了六十余种中外香料,绘图准确精美,图文并茂,印制精良,别开生面,真是让我了解了许多以前没有关注过的知识。

对于一般家庭来说,烧饭做菜所用的香料有限,不外乎花椒、八角、茴香、桂皮数种而已;就是讲究厨艺的人家,所用的香料再多,想来也不会超过二十种;至于那些五花八门的洋香料,就更是少见了。

香料不同于调料。调料多是经过再加工的成品,例如酱油、醋、料酒、南乳、鱼露、蚝油等,而香料基本是天然成长的植物或是种子类的东西。中国对于香料的了解很早,《周礼》和《礼记》中就有许多关于香料的记载,如芥、葱、蒜、梅等芳香植物和花椒、桂皮、生姜等辛辣植物。这些芳香植物大多都是没有经过加工的原生态植物。嗣后,从西汉到南北朝期间,丝绸之路开通,西域以及其他更多的外来香料如胡椒等,陆续传入中原地区,因此在《齐民要术》中记载的许多食物都使用了外来的香料。到了唐宋以后,本土以及外来香料在饮食中广泛应用就更是不足为奇了。

花椒的应用在我国有着悠久的历史,与姜和茱萸并称为古代三大辛辣调料"三香"。其实早在《诗经》里就有"椒蓼之实,蕃衍盈升"的诗句,但早先的花椒并不仅用来调味。从《汉书·车千秋传》最早见到"椒房"一词,指的是西汉未央宫皇后所居的宫殿,就是以花椒和泥涂抹宫殿墙壁,取温暖、辟邪、芳香、多子之意。后来将后宫的宠幸也称为"椒房之宠"。可见花椒还属于昂贵的香料。更有宋代刘子翚形象描述花椒从采摘到应用的律诗:

> 欣忻笑口向西风,喷出圆珠颗颗同。
> 采处倒含秋露白,晒时娇映夕阳红。
> 调浆美著骚经上,涂壁香凝汉殿中。
> 鼎饫也应知此味,莫教姜桂独成功。

花椒的香味独特,在今天民众的生活中应用也十分广泛,尤其在川菜中,讲究的就是"麻辣鲜香",第一个字就是麻,花椒是须臾不可或缺的,如麻婆豆腐、椒麻鸡、水煮牛肉等无不是花椒作为重要调料的介入。在北方,除了做酱制的肉类离不开它,就是平时所用的花椒油也是都需要用花椒煸制的。如普通的打卤面,那卤子做好出锅时,如果泼上现炸好的热花椒油，就会出现点睛之笔。许多炸食如干炸丸子、炸茄盒、炸藕盒等，也都要蘸着花椒盐吃。北方的许多点心中，也有"椒盐"一类，这种椒盐其实就是花椒粉末与盐和糖的混合。因此，花椒在全国各地的饮食中几乎没有缺席的。

常见的还有茴香。很多人只知道蔬菜中的茴香，但不太清楚香料中小茴香的应用，更不清楚茴香与小茴香的区别。其实两种完全不同：大茴香是植物茴香的嫩叶与嫩茎，呈绿色，北方人喜欢用它的茎与叶做馅儿，茴香馅的饺子或包子是有些人的最爱。我虽从小生长在北京，但家里是从来不吃茴香馅儿的，甚至老祖母家也不吃，所以我也吃不惯茴香的味道，记得平生就只尝过一回茴香馅儿的饺子。

七十年代初兴起放映"内部电影"。在那个特殊的年代，能看一场内部电影殊为不易。当时我的一位远房小姨是八一电影制片厂的美术设计，住在八一厂部队大院，因此近水楼台，能有机会去八一厂看这种内部电影。有次，她给我弄了一张《山本五十六》和《啊，海军》两场连映的电影票，并且要我早去，在她家吃过晚饭后再去看电影。盛情难却，只得下午就到了八一厂她家。晚上，小姨特地给我包了茴香馅儿的饺子。吃了一个就觉得难以下咽，那股子特殊的药味儿令人难以接受，但是又不好说不吃，只得憋住气息，硬是吞下了十来个，直到看电影时胃里还在难受。为了能看这两场电影，也只能豁出去了。

小茴香则是另一回事了。小茴香的外形很小，有点像是稻壳，呈灰白色颗粒状。它是茴香成熟的种子，香气很浓郁。在一般炖肉的辅料中多有小茴香，可以祛除肉类的腥膻气味。

其实，小茴香还有一个重要的用途，在烙芝麻酱烧饼时是绝对不可缺少的用料。芝麻酱烧饼，顾名思义，麻酱是不可少的，但用得适量很关键。几十年前，芝麻酱是定量供应的，显得很金贵，所以卖烧饼的也舍不得多用——如今芝麻酱早已不是什么稀罕物，为了用香气吸引顾客，烙烧饼的往往玩儿命用芝麻酱，结果适得其反，那种烧饼太腻，并不好吃。另一个关键环节就是小茴香。烙烧饼前，必须将小茴香加热焙干后压成粉末，与加了盐的芝麻酱一起抹在擀开的面上，铺匀后再做成烧饼剂子烙熟。如今，这一环节被绝大多数做芝麻酱烧饼的忽略了，所以烙好的烧饼味道里总像是少了点儿什么。其实只要加入了小茴香就能弥补这个缺陷。

桂皮与肉桂的味道近似，但并不完全是一种东西。从形状上说，桂皮较薄，而肉桂较厚，桂皮色较浅，而肉桂色较深。桂皮味道稍淡，而肉桂味道浓郁。桂皮在中餐中是北方做肉类、禽类离不开的香料。而肉桂可以在西餐中调制咖啡，制作蛋糕和点心。在很多的西式糕点中，都是少不了肉桂的，但是不喜欢肉桂味道的人会十分反感，内子就从来不吃含有肉桂的西点。

陈皮是中国南方人喜爱的香料，也是中国特有的香料。陈皮是经过干燥后的芸香科柑橘果皮，在中药方剂中几乎处处可见。在中餐中，陈皮的应用十分广泛，可以祛除动物类肉食的腥膻之气。广东新会出产的陈皮最为出名；也有新会陈皮在香港加工,身价就更为不菲。陈皮,以"陈"为贵,陈皮的分量越轻,说明年份越久远,那种深褐色而发黑的陈皮才是最好的陈皮,俗话说"百年陈皮胜黄金",正是如此。粤菜中陈皮是很重要的角色,无论是炖菜、汤品、羹类,都离不开陈皮,在甜品中如陈皮红豆沙也是粤菜餐后甜品中颇受欢迎的。

当年我有位姓许的同事,祖籍广东,他家里做的陈皮鸭是一绝,完全祛除了鸭子的臊气,味道浓郁,吃过后至今不忘。澳门陈胜记出品的陈皮鸭也是闻名遐迩,但这几年似乎没见内地有售。

江南人也喜欢使用陈皮,所谓的陈皮梅,就是用陈皮煨制过的梅子,而不是陈皮本身。而广东的九制陈皮就不同了,那才是真正用陈皮所做的凉果,经过多个繁复的工序制作而成,已经将陈皮当做主料了。

《本草纲目》中收录了近两千种药物,其中香料占有很大的比例,凡在录的香料,都各有自己的四气五味、升降浮沉的属性,具有自身的药理作用。但香料在食物中的应用,早已超越了药理,成为中国美食不可或缺的材料了。

随着改革开放,近几十年来世界各地的餐饮都进入国内,尤其是在上海、北京这样的大城市,各种风味的世界餐饮都在国内落户。尤其是法餐、意大利餐、西班牙餐、东南亚餐等,使用的种种香料令人眼花缭乱,目不暇接。徐龙的这本《香料植物之旅》正是介绍了许多我们一知半解的各国香料。

徐龙多年从事西餐业，又十分勤奋用功，著作颇多。这本书中，对我虽吃过却又陌生的许多外国香料及其应用，都有很详细的讲述。例如百里香、薄荷、杜松子、肉豆蔻、迷迭香、罗勒、香茅、番红花等，虽然都吃过，但总归是知其然而不知所以然。

我在意大利的佛罗伦萨吃过墨鱼面，吃过番茄奶酪沙拉。在维罗纳吃过玛格丽特披萨，也在热那亚吃过那里的面条。前些年，安妮意大利餐厅在北京开了连锁店，那时我才见过餐桌上一瓶绿色的酱，叫做罗勒酱，开始时真是不知道怎么吃。

其实，罗勒在不同的国家和地方有着不同的叫法，如九层塔、兰香等，以叫罗勒和九层塔最为普遍。意大利人对罗勒的需求，就如同中国人餐桌上的酱油和醋，是意大利人不能缺少的调料，无论是吃千层面还是海鲜面、墨鱼面，都可以拌入罗勒酱。餐桌上的罗勒酱则是为了顾客可以随时取来和黄油、奶酪一起抹在面包上的。而意大利标准的番茄奶酪沙拉中又必须夹上新鲜的罗勒叶子。

我们常见的香草，其实也属于罗勒家族，如泰国菜中各种红咖喱、绿咖喱里都有属于罗勒家族的香草。越南的牛肉米粉那香气盎然的滚烫的汤里的香草，也是属于罗勒家族中的柠檬罗勒。据说，罗勒是随着佛教传入中国的，在北魏时期，罗勒被称为"兰香"，并不是什么新鲜东西。

我一直很喜欢泰餐，喜欢那种多种香气汇合的菜肴，尤其是泰餐中的代表作——冬阴功汤，每次吃泰餐时是必点的。

冬阴功汤在泰国非常普遍,"冬阴"其实就是酸辣的意思,而"功"就是虾,说白了就是酸辣虾汤。主料就是柠檬叶、香茅、辣椒和虾,另外还有些草菇、鱿鱼、青口等。这道汤酸酸甜甜,略有些辣,海鲜和柠檬的味道相得益彰。冬阴功汤极其开胃,无论冬夏,在餐前喝一口冬阴功汤会食欲大开。汤里起主要作用的一味就是香茅。香茅主要产自东南亚,又叫柠檬茅或香巴茅,具有青草和柠檬混合的香气。除了泰国菜,在东南亚菜和越南菜中也普遍使用。去过几次云南后,才发现云南少数民族的许多菜和汤中也经常使用香茅。泰餐在烤肉和烤鸡、烤鱼中也使用香茅,香茅已经成了泰餐的标志。

从前我学中医时,只知道中药中的桃仁和红花是活血化瘀的药物,尤其用于妇科。其中,藏红花又是红花中的上品,以区别那些人工种植的南红花。直到吃过了西班牙的海鲜饭,才知道红花在饮食中的妙用。藏红花也叫番红花,其实真正的产地是地中海,番红花里含有红花素,用水浸泡后会出现鲜艳悦目的颜色,被誉为"天堂的颜色"。在西班牙海鲜饭中,这是不能替代、不可缺少的原料。藏红花在我国西藏虽有,却种植很少,也不算是最好的。藏红花基本属于舶来品,之所以被称为藏红花,大概是红花最早是从西藏传入中原的缘故罢。

其实,有些西菜的香料也是早就被大家认识和使用着。如香叶(即月桂叶),早在几十年前我家即使用了,家制的红烧牛肉、牛尾汤、咖喱牛肉里都是要加入香叶的,缺少了香叶就不是味道。这是最能体现西餐味道的香料,它的产地也是在地中海和小亚细亚一带,绝对是舶来品,不过近年也在引进种植。说到月桂叶,就会令人想起阿波罗神殿周围的月桂树,今天我们所说的"桂冠",就是用月桂树的叶子编织的。

随着与世界的交流,我们会认识更多的食物原料和香料,丰富国人的生活和口味。

英式下午茶与日式怀石料理

英式下午茶与日式怀石料理本是风马牛不相及的,食物的内容和进食的理念也有差异,唯一近似的是其美学意义和各自的仪式感。

英式下午茶最早起源于十七世纪中叶,而到了十九世纪中叶已经在英国普遍流行了。原意是在午、晚两餐之间加一些点心,不使漫长的两餐间有饥饿的感觉。这与英国的天气也不无关系。

英国在一年四季的多数时间中都是阴冷潮湿的,尤其是从深秋到第二年的春天,常常都在阴霾中,会有一种压抑的感觉。在十八、十九世纪英国上流社会中,下午茶不但是个体家庭的生活习惯,更是女性社会交往的礼仪性活动。

年轻时候读勃朗特姐妹的《简·爱》和《呼啸山庄》、乔治·艾略特的《弗洛斯河上的磨坊》以及简·奥斯丁的《傲慢与偏见》等女性小说时,总会通过她们的描述,体会到那些下午茶的情景。虽然,她们描写的仅是中产阶级的家庭,但下午茶也是必不可少的生活内容和社交活动。我会想象着阴霾笼罩的天空,满地的橡树落叶,窗子上挂着的水珠,壁炉里幽暗的炉火,铺着流苏台布的长桌,发出咯吱咯吱声响的摇椅,沙发上的苏格兰格子的毛毯;更会憧憬着餐台上摆放的茶炊和刚出炉的松饼……

其实,通常的家庭下午茶不过是一顿简餐小食,饮用的多是从东印度公司舶来的印度红茶,配上像三明治和松饼之类的点心,以及黄油、果酱之类,至多再预备些巧克力和马卡龙之类的甜品。像乔治·艾略特的《弗洛斯河上的磨坊》中所描写的都是乡村家庭,无非就是一些现烤的松饼而已。当然,真正的社交礼仪又当别论,尤其是上层社会专为聚会交际举办的下午茶,当然是踵事增华,十分丰富了。

在礼仪性的英式下午茶中,女性需要换上相应的礼服,甚至戴上网眼长手套,其他服饰也必须得体。但是随着近代社会生活的简约化,这样的场合也越来越少了。

下午茶不是为了充饥,当然也就不能大吃大喝。在一般情况下,可以不预备咖啡,但是多数社交下午茶也会备有咖啡,以备宾主不时之需。家庭式下午茶可以很随意,红茶自斟也是客随主便。但是在茶会上,自会有侍应生在旁,不时会问你的需求。茶是绝对不能一饮而尽的,必须要小口慢慢啜饮。糖和奶必须是后加入的,因为许多人对红茶是喜欢净饮的。也有人喜欢在红茶中兑入几滴白兰地或朗姆酒,完全是根据个人的爱好。

在下午茶的架式层盘中,点心的品种是完全不拘的,但是切成菱形小块的三明治和松饼却必不可少。松饼都是做成适合入口的大小，无须再切，可以根据个人喜好，抹上黄油或是果酱。果酱有多种，但是覆盆子果酱则是必有的。奶油蛋糕的花色也没有限制，只是这种花式蛋糕会比普通的蛋糕更精致些。在高架盘中，也总会有一两样或更多的咸味点心，如酥盒、咖喱饺、鱼子酱薄饼等，完全没有特定的规格。

英式下午茶自会准备一些相应的餐具，尤其是饮茶的杯子和托盘，都有一定的标准；至于刀叉等，除了抹黄油、果酱的餐刀外，其他基本都是不用的，小块的点心应该都是用手拿着吃。如果用叉子取食蛋糕等，不但不好用，也是很"老土"的举动。一般下午茶的时间多在一两个小时左右。英国人吃晚饭很晚，多是在晚上八九点钟，于是下午茶也多是在下午四点到五点半之间。

讲究的英式下午茶与一般营业性餐厅的下午茶有很大的区别。那种普通的下午茶多是程式化的，但在伦敦等地也需要事先预约，最便宜的大约在每人10镑钱左右。随着这二三十年国内生活水平的提高，京沪不少高档酒店的咖啡厅中也都推出了英式下午茶，但是水平却参差不齐，不少只是一种形式，内容却达不到较高的水准。所用的茶很多都是英国的袋装立顿红茶，一望而知就很一般。点心程式化，没有特色，也很粗糙。

其实，在家里也完全可以用英式下午茶招待客人。前些年，天坛家具公司制作了一种实木的小推车，做得很精致，上下两层，上层可以放茶具和架盘，下层可以放水壶和其他餐具，使用十分方便。如果在家招待一两位老朋友，不拘俗套，也是很好的形式。

日式的怀石料理其实起源于茶道。最初，并不是精致至极的豪华饭菜。

"怀石"一词起源于老子《道德经》中的"被褐怀玉"，"吾言甚易知，甚易行，天下莫能知，莫能行。言有宗，事有君。夫唯无知，是以不我知。知我者希，则我者贵，是以圣人被褐而怀玉"。被褐怀玉，也就是穿着粗布衣服，而怀中却揣着美玉的意思。

于是，"被褐怀玉"就成了日本人将汉文化融入茶道的思想内容。茶道特别注重仪式和美学的运用，在饮茶时间以美食夹杂其间，也就是怀石料理最原始的形态。后来，则逐步成为日餐中最为精致的美食形式了。另有一种说法，怀石料理是出于禅道，在听禅时腹中饥饿，于是就在怀中抱石一块，以抵制饥饿感，也是对食物的渴望。于是后来就有了听禅时用的茶点。从传统而言，怀石料理应该算是一种茶席，也是从属于茶道文化和美学的。

日本的茶道也注重外部环境的衬托，一般而言，怀石料理也需要如此。

敞轩明几，春风和煦，樱花远映于疏窗，溪流环绕于瓦舍，只有在这样的环境中，那种发源于茶道的怀石料理才能更有味道。怀石料理极讲究精致，每样菜肴的量都极小，几乎也就一口，但是如流水一般陆续缓缓而至。讲究一汁三菜或是一汁二菜，做得极其精致，原料仅取其精华部分，大部分边角都弃之不用。所配食器按照不同的菜肴，采用瓷器、陶器或是漆器。可以说，每样菜都是不忍下箸的艺术品。怀石料理会有数种前菜（也叫"先付"，即凉菜）、碗盛（也叫"御碗"，即汤品）、向付（生鱼片、刺身之类）、扬物（油炸的食品，如天妇罗）、焚物、醋物、煮物、烧物和御饭、止碗（汤）等，最后是水物甜点。大约一个怀石料理的流程中能达到二十余道或更多完全不同品种的菜式和餐点。

怀石料理都是根据不同的季节选用应时的食材，也会在色泽上注意到与物候的搭配，很多的讲究都是有着极强的匠心蕴于其间的。据说日本最正宗的怀石料理多是在京都，但我没有尝过。2017年的春天去台北，与董桥先生一起展出《南北往事》，我比董公先抵达台北两天。下了飞机到酒店后，只是匆匆在酒店里吃了点东西，一个下午又在为画册签名，到了晚上已经是饥肠辘辘。主人特地请我和内子去品尝台北的日式怀石料理。

那里有个很大的正方形餐台，中间是厨师们操作的地方，三面可以坐人，都是高凳，而比例却很合适。除了我们三人，仅在对面有另外两位顾客，一共也就五个人。但是围在四方形餐台中心操作的厨师竟有七八位，人人都在忙活着。这里没有侍应生，所有的出品都是由厨师从你对面的操作空间推送给你的。七八个人各司其职，有条不紊，每样食物都是他们手工操作。从"先付"开始,陆续一道道推到面前。我们都不喝清酒等饮料,但是那些各色"御碗"已经足够清润口舌。最精彩的当是"向付",这是我吃到过最新鲜的生鱼片,经过了厨师麻利的操作,放在瓷碟中不多的生鱼片被摆弄得像鲜花,色泽非常诱人,甚至都舍不得下箸了。像这样的"向付"大约有七八道,每种用的鱼都不同,而且都是最当令的。本来,刚进门看到这么少量的东西,生怕吃不饱呢,但是等到"扬物"吃完,确实已经吃不下了。

怀石料理是在很安静的环境中制作与进食的,餐台中间的厨师们很少说话,都是各干各的事,与客人之间也没有交流。一道吃完稍事休息,才会向你推出下一道,绝对不会"赶落"你进食。如果厨师看到有一道出品你始终没有下箸,还会轻声征求你的意见。比如我不吃"先付"中的渍生姜,内子不吃和牛,厨师会给你另换一道。一顿怀石料理吃完,会感觉十分惬意舒服。

英式下午茶与日式的怀石料理都是仪式感很强的餐式,有着西方与东方完全不同的审美理念,但是那种悠闲、和缓、安静的氛围却是共通的。

说家宴

所谓"家宴"一词,大抵有两种指谓,一是指家庭中的欢宴,不请外人参加,二是指在家中所设的餐聚。

这两种家宴,古往今来均有之。古典文学中关于家庭聚会的家宴描写,没有超过《红楼梦》的了。读来仿佛身临其境,光凭想象就能垂涎欲滴,其奢靡也是令人咋舌的,于是今人竟仿照其说创出了什么"红楼宴"之类的名目。

至于那种在家中设宴邀请友朋餐叙和雅集的则更多,这种相邀知己在家中的饮宴最能体现人际关系的真诚。白居易《赠梦得》一首便最是亲切自然,直白易懂:

> 前日君家宴,昨日王家宴。今日过我庐,三日三会面。当歌聊自放,对酒交相劝。为我进一杯,与君发三愿。一愿世清平,二愿身强健。三愿临老头,数与君相见。

这样在家宴餐叙中言语和行事,正是我们平时家宴聚会饮酒时最平实的写照。

宋代的晏殊身居高位，又是文坛领袖，除了经常要出席那些无聊的饮宴外，更喜欢在自家的园子里设家宴或独酌：

> 一曲新词酒一杯，去年天气旧亭台。夕阳西下几时回？无可奈何花落去，似曾相识燕归来。小园香径独徘徊。

这种饮宴后的怅惘大抵只能在自家的庭院中才能感受。

明清两代，不要说是钟鸣鼎食的深衙贵府，就是一般士大夫之家也多置家厨，有的甚至不止一两个，可能还会同时有几个擅治不同风味的厨子。广东人谭宗浚的家厨只是到了其子谭篆青这一代才半向社会营业。类似谭家这种情况的也大有人在。当时还有个风气，就是互相借用家厨的现象，例如某家厨子有什么特殊手艺，在主家的朋友圈都是知晓的，于是互为穿换，改善口味。每于此时，就下帖邀请亲朋小聚，共享美食。

明末钱谦益和冒辟疆不但是当时名士，同时也是美食家，而柳如是、董小宛也都擅厨艺，她们当然不会参与整个家宴的当垆操作，却可以治几样特殊的小菜招待客人，绝对都是外界吃不到的美味。当年在红豆山庄和水绘园中大概都不乏这样的家宴。

大抵每家都会有几样拿手的饭菜，无论是普通的家常菜或拿手菜，还是与众不同的绝活儿，都会为人所知，让人垂涎，一桌很普通的饭菜，可能都比在外面饭馆子里做得更让人难忘。"故人具鸡黍，邀我至田家"，类似这样的朴实家宴可能更

说家宴 | 195

是令人难以忘怀。

如今,能在家里请朋友吃饭,当属最高的规格了。无论吃什么,都须主人亲自动手下厨,不要说做饭,就是预备材料、采买准备就是非常麻烦的事,因此几乎没人愿意找这样的麻烦,大多是找个馆子,根据自己的经济承受能力,请一次客,又简单,又体面。

至于每逢年节或老人生日,子女团聚,或者偶有一家人在家里团聚做顿饭,图的就是个热闹,至于吃什么,都是次要的事,我想这才是真正的家宴。

在我的记忆中,由于我家人口单薄,虽然住在二条时几乎每天人来客往,但是每逢过年,家里反而觉得很冷清。因为到了这种日子,无论平时来"打秋风"的客人经济状况如何,也不愿意到别人家里去过年。父亲这一辈,也没什么兄弟姐妹,因此每逢过年,我家只有有限的几口人。

1961年,父母离开了东四二条,搬到了西郊翠微路的机关大院去住了,我也是在那一年第一次和父母单独过的除夕。彼时正是物质匮乏的年代,记得除夕那天下午,母亲打开一大筒清蒸猪肉罐头。那罐头没有商标,是装在一个大白洋铁罐中的,平时舍不得吃,就是为了留着过春节吃的。用这一罐清蒸猪肉熬了一大锅白菜,觉得实在是太香了。母亲此前还从"黑市"上买了只小公鸡,那时没有冰箱,一直吊在窗户外面,所以还做了只酱鸡。母亲不大会蒸馒头,就让我从大院里机关食堂买了几个大馒头,这顿除夕家宴我至今难忘。

那时,我非常羡慕那些人口众多的家庭,每到过年,一家人兄弟姐妹都聚集到父母这里,虽然生活并不富裕,但是那种其乐融融的家庭气氛真是令人羡慕。八十年代初,我在医院工作,那时卫生局倡导拜老中医为师的活动,我正式拜的老中医是我们科的刘宗恒大夫。刘大夫是原华北国医学院毕业,算是真正的"儒医",与关幼波是同学。可惜后来因"历史问题"被埋没了几十年,直到七十年代末才得以平反。因为这层师生关系,此后每年的大年初一,我都会执弟子礼去第一个给他拜年。那时刘大夫住在东城的报房胡同,只有北房三间,西屋一间。刘大夫有三男三女,虽然多数都不住在这里,但是每逢过年都会聚在父母家,陪父母过年,加上第三代,能聚上二十多口子。虽然他生活不富裕,子女的状况也都一般,但是那种过年的欢快气氛极大地感染着我,尽管是"外人",但到了这里都不想离去,这是在我家享受不到的快乐。

母亲是位非常能干的主妇,在"翠微校史"的那些日子里,虽然物质还很不丰足,但是我记得,她至少在家里请过王仲荦和唐长孺两位先生吃饭。那时的饭菜其实都很简单,但母亲的厨艺一直被这几位老先生念念不忘。有一次母亲高兴,把我所有常来往的朋友请来,做了十几个菜,中西合璧,朋友们赞不绝口,大家吃得都舍不得走了。

我的岳母是苏州人,也是很擅烹调的,而且喜欢请客。记得八十年代初,食物已经开始丰足起来。家里有一张巨大的长条桌子，过年以前，她自己身体力行，也让我们各处采买，做的菜整整摆了一桌子。和老伴、女儿、女婿欢聚一堂，做的菜被朋友大加赞美，那是她最快乐的日子。她用小蜂窝煤炉子炖的蜜汁火方真是无出其右者。内子在两位母亲的熏陶下，也会做几个菜，加上我家阿姨在我这里已经将近三十年，在她们的合作下，家里也能操持几样饶有特色的菜肴。前些年许多老先生还在世时，不少位都在我家中吃过饭。

在这些老先生中，有启功先生、朱家溍先生、黄苗子和郁风先生、丁聪和沈峻先生、许宝骙先生以及稍年轻些的台湾作家高阳先生、黄永年先生、邓云乡先生、戏曲家钮骠先生、舞美设计家李畅先生等等。这些老先生来时，家里做的饭会稍加用心些，也做得精致些。内子在家里也宴请过日本、英国、美国、新加坡和我国台湾的学术界朋友。

大凡在这种时候，总会预先写个菜单，或是用宣纸的小折子，或是用彩笺。每当饭后，这些小折子或彩笺就会被客人携走，不翼而飞，随后就流传在社会上，前几年这样的东西竟出现在拍卖会中，且成交价不菲。甚至有人要求我重新誊录一份保存，其实都是玩笑游戏罢了。

七八年前，有次请中央电视台的主持人刘芳菲吃饭。当时正值暮春，于是那个写菜单的小折子的题签上就戏写了"清华水木 桃叶芳菲"，正好嵌入了她的名字，饭后也被她拿走了。其实，吃的东西也都算是平常的，那次是稍微精细些；至于后来她也偶来吃饭，一般都是些家常便饭了。

外界对我家饭菜的传说都是些不实之词，其实绝对没有什么特殊的原料和技艺，都是些很普通的菜肴。有些费事的菜多是做给老先生们吃的，同辈朋友和年轻朋友基本是很平常的家常菜。

很多是普通的保留项目，大抵每次都是有的，如蟹粉狮子头、南乳方肉、八宝鸭子、清炒鳝丝、金钱虾饼、三丝鱼肚发菜羹、西式炸小包、奶油烤杂拌、奶汁烤鳜鱼以及素菜中的虾子茭白、炒掐菜，甜品如豆沙八宝饭、核桃酪、芡实藕粉羹、橙子羹等中西合璧的菜品。这些菜的操作驾轻就熟，一般不会出什么纰漏。至于再精细些的菜如干贝萝卜球、蟹粉豆腐、浓汤花胶、蜜汁火方之类，做起来就比较麻烦。例如蟹粉豆腐，看似简单，但是内子要求绝对不能用现成的蟹粉或是秃黄油，而必须是现剥的蟹肉和蟹黄，并且在剥好后不能放入冰箱，一般都是从剥好到与豆腐同烧时间不得超过一小时，否则就腥气了，除非是老先生中的知味者，基本上是不做的。不同的季节，也还会做些当令时蔬，如暮春时是短暂上市的嫩豌豆，在龙须菜（白芦笋）季节，也会做清炒豌豆和奶汁龙须菜。冬令总会加个什锦暖锅，里面有海参、鱼肚、蛋饺、皮肚、鱼圆等，鱼圆和蛋饺都是自己做的，绝对不会买超市里售卖的那些。

每逢春节前夕，阿姨都会不辞劳苦地预先就做出熏鱼、酱鸭、蜜汁叉烧肉、素烧鹅，预备下手打鱼圆、蛋饺等备用。内子也会做些传统的十香菜等，以备春节来客的不时之需。

很多年轻朋友都是道听途说，以为我家的饭菜有什么特殊，都希望能在寒舍吃顿饭。其实他们来时大多都是些粗鱼笨肉，有时甚至是打卤面、素菜包或是三丁包子、烧麦之类的东西。如今我们都老了，阿姨也年逾七旬，以家宴招待客人算得上是一种奢侈了。

随着社会结构的变迁和生活节奏的加快，这样繁复的家宴已经渐渐远去，淡出了人们的视野。

家宴，是一种真挚的亲情；家宴，也是一种朴实的友情。

旧京馆子的付账

如今在饭馆餐厅吃饭,付账的方式很简单,多数人都是采用刷卡或是微信转账支付,像我这样还用现金付账的已不多见了。这种饭后即结账的形式今天看来是天经地义的事,但是在八九十年前却并不多见。

日前,北京出版社编辑送来瞿兑之先生的遗著《北京味儿》一书,这本书的腰封上写着是由我推荐并作序的,推荐不敢说,但是前面的代序"瞿宣颖先生与北京味儿"一篇文字倒确是我写的。其实,这本书写北京饮食的仅有一篇,其他多是涉及北京历史人文、掌故、风物、建筑、人物、教育乃至社会生活的笔记散文,大抵是从当年的报纸杂志散见的文字中辑成的。这些文字并非市井之言,都是瞿先生的生活经历。

关于旧京饭馆子服务及付账的事,瞿先生在《北京味儿》一篇中有段极其精彩的文字,不妨转录如下:

> 北京的风气,考究吃的都不喜欢在家请客,其原因是从前京官都住在南城,离酒食争逐的地方都相近,无论

选色征歌，都很方便，在家反不免有些拘束。而况馆子里可以代你送信请客，其待客之和蔼周到，规矩内行，是独一无二的。你倦了醉了，可以躺在极干净的炕上，饿了可以先吃点心，菜吃不完可以马上送到贵宅，非但如此，前清官员上馆子，照例是不惠现钞，你是什么功名，翰林可望几时开坊，部曹几时可望得京察，你的座主、同乡、世好、姻亲都是些什么阔人，平日里都打听得清楚，若是军机章京、都老爷，更是趋众唯恐而后，他们绝不怕你漂账，等你放了外任，就来收账了。

瞿先生这是在民国后写前清。其实，似以上这种放长线钓大鱼的做法，在民国后早已远去，但是民国时期的大馆子对许多熟悉的老主顾，还大多是饭后不用惠以现钞结账的，多是三节时才结一次。大家彼此都熟悉，绝对不会有开花账和赖账的事情发生。我小时候都已是五十年代了，记得每次跟着外公去东华门的华宫或是鑫记、恩成居等地吃饭，都没见他付过账，伙计最后都是说，给您记上了。我的祖父去世早，生前深居简出，家里也有厨子，不喜欢出去吃饭，那我就不清楚了。后来跟着两位祖母出去吃饭，女人家不兴摆这谱儿，因此她们都是饭后即结账的。

五十年代，甚至到六十年代初，熟悉的馆子都可以不用当面结账，例如齐白石经常去湖南馆子曲园吃饭，根本不用结账，甚至也没有记账一说，老先生高兴挥上几笔，那就都有了。同样是湖南馆子的马凯餐厅，当年唐生明他们也常去那里聚会，也都是记账以后再付。

从整理的张伯驹年谱看，五十年代去各处聚会吃馆子的文字太多了，很多是从《许宝蘅日记》里辑录的，这些老先生在五十年代中期几乎日日有聚会，涉及当时的馆子大约有二三十处——那时没有今天这样的餐饮业，这已经是将北京的名餐馆网罗殆尽了。

清末直到二十年代末，北京的宣武门外北半截胡同有家极负盛名的馆子叫做"广和居"，这家馆子虽不是那种讲排场的大饭庄子，但是名气大得不得了，就连张之洞、樊增祥的诗词中都有提及。广和居菜品很多是来自宅门的私厨技艺。如著名的"潘鱼"就是出自翰林院编修，其后也做过四川夔州知府的潘炳年的家厨。潘在四川夔州任内颇有政声，深得四川总督锡良赏识。今天的许多文章都将这道"潘鱼"误以为是大学士潘祖荫家的菜，其实是错误的。另外，像"吴鱼片"，则是吴县的阁读吴均金家的菜。这个吴均金就是吴润生，他家的鱼片是按照苏式的方法烹制。"江豆腐"即是安徽京官江澍畇家的擅长，而"韩肘子"，则是清末度支部主事韩朴存家厨锅烧肘子的技艺。除了这些出处有源的名菜，广和居也是京城名士云集的地方。鲁迅当年寓居在绍兴会馆，就在广和居的斜对门；吃饭、小酌，或是朋友小聚，跨过几步就是广和居。因此在鲁迅日记里，提到在广和居吃饭的地方比比皆是。

那些清末民初的京官名士在广和居吃饭都是记账，伙计对他们都十分熟悉。这种"挂账"是再正常不过了。有时账单也需请主人过目，大多都是草草看一眼后就亲笔画押。据说当年大书法家何绍基也常常在彼吃饭，饭后还在账单子上书写"子贞亲笔"了事。何绍基是道光进士，1873年就已经谢世，说明广和居早在道咸时代就已经开业了。直到广和居歇业，柜上还能找到何绍基的账单子。别说在今天，就是当时，也是十分珍贵的了。

其实，在宴客和聚餐时当着宾主的面算账，是件令宾主都很尴尬的事，一顿饭的花销昭然若揭。多了，客人觉得让主人过于破费，殊为不忍；价廉，则又让主人有怠慢客人之嫌。如今用的手机支付或刷卡还算好，此前，由服务员当场报价、主人当众点票子的场面，更是十分不雅了。

于是，如今主人多在宴席结束之前，推脱去洗手间，在包间外面就将账结了。有些有身份的人，这些事早就有秘书或是司机代劳了。宾主尽欢，似乎压根儿就不存在付账之事。

至于二三好友小酌，则又当别论。旧时的堂倌都有即席算账的本事，六七样菜肴，每种的单价和最后总账脱口而出，根本不用什么算盘之类。宾主听着一笑，就把账结了。

再有那些神仙会，都是事先说好每人各出自己的一份，也即所说的聚餐。无论事先事后，都爽快地掏出自己的一份儿，或多或少，统一交给馆子，"可着头做帽子"，让馆子里去掂对，倒也是很文明的做法。旧时的谭家菜早在谭篆青时代就已经这样做了，后来赵荔凤当家，仍然延续这种做法。其实谭家菜的这种方式应该说也是很文明的，可谓开风气之先。

台湾前些年仍保持这种旧式的结账方式，著名作家高阳先生不但嗜酒，而且生活不拘小节，也喜欢讲排场。他在台湾的各大小馆子吃饭都是签单，到了一定时间才去结算一次。有时就是去圆山大饭店这样的地方，一个人也能要上一大桌子菜，结果浪费很多。最后拿来账单，他看也不看就签了字。直到他去世后，台北的一些馆子还都有他欠的账单。

前些年拍的陈宝国主演的电视剧《老酒馆》就比较真实，但凡是老酒馆的老顾客，不论贫富，都可以挂账，就算是那正红那样的破落旗人，也可以挂账不付现钱，这些都真实地反映了那个时代的经营方式。

最后说到小费的问题。北京饭馆子的小费，基本上止于1956年的公私合营。此后，小费成为历史名词，只有在港台和国外才有小费。旧时，虽然饭馆子里都可以记账，但是唯有小费是不能挂账的，必须一席后立即付给。如今国外的小费都与消费多少形成差不多的比例，但是旧时饭馆小费的多少，一是取决于客人的能力，二是取决于与本店堂倌儿的稔熟成度。有些堂倌与主顾多年相熟，每次都会格外关照，极力巴结，精心伺候，所以饭后主人会格外贿之有加，一块两块也是有的。这种格外的恩惠一般不用唱收，自己揣腰包也能允许。但是一般的小费，就是两毛三毛，当堂伙计也必须唱收，如"某某先生小费两毛"云云，这钱是要交柜上的，不能独自据为己有。或是当天，或是由柜上收取后月中分给大家。伙计唱收小费，其实对客人和伙计都是有面子的事。

如今有些餐馆也有了在柜上储值的做法，例如存入若干资金，留下手机号码，每次消费可以自动递减，也免得餐桌结账的尴尬了。

古代与旧时的外卖

今天的许多年轻人都懒得做饭,经常会用手机点些餐馆外卖,既能解决吃饭问题,又不用洗刷碗筷,十分方便。尤其是疫情期间,一度取消了餐馆堂食,点外卖的就更多了,已经不仅仅是年轻的上班族。于是骑着电动车的外卖小哥马不停蹄满街跑,穿梭于大街小巷,成了大城市街头的一景。

信息时代,点餐通过手机互联网就可以完成,并且有着现代化的交通工具以保证送餐的快捷,这在古代甚至是几十年前都是不可能的事。但除此之外,今天从餐馆或饮食店中点外卖的方式不但古代早已有之,而且两者的性质也没有任何不同。

太远的外卖形式,资料不好准确地查证,但是自从宋代以来,由于城市经济的高度繁荣,饮食业大为发展,街巷中的餐饮店铺鳞次栉比,在许多史料笔记中都有详细的记载。所谓"处处拥门,各有茶坊酒店,勾肆饮食,市井经济之家,往往只于市店旋买饮食,不置家蔬","处处各有茶坊、酒肆、面店、果子……"在记录北宋和南宋社会生活的著作《东京梦华录》和《武林旧事》《梦粱录》中随处可见。说明宋代城市居民的生活和饮食已经有了质的提升,发生了与旧日农耕生活方式有很大区别的改变。

在《癸辛杂识》中,还记载了南宋的第二位皇帝宋孝宗,虽居深宫,却不乏情调,喜欢不时叫点市肆里的外卖,调剂宫廷御膳,换换口味。皇帝叫外卖,叫做"宣索",也是市井小店的荣幸。孝宗"宣索"的饮食其实都很普通,如"李婆杂菜羹""贺四酪面""臧三猪胰胡饼""戈家甜食"等,都是些市井小吃。吃得高兴,除了市价之外,还要给额外的赏赐。

从更形象的材料如《清明上河图》中,也可以看到从一家餐馆中走出的托着两盘食物的店小二,脚步匆匆、急急忙忙去送餐的形象。所去的地点可能路程不远,或是对面的食肆,或是附近的人家。在此卷的另一段中,还有一个伙计头顶大盘,上面放着两层的食盒,手中还拎着一个能开合的支架,缓步而行。宋代像这种送餐的伙计大约有两种,一是餐馆中的从业伙计,另一种就是临时雇用的"闲汉",都能承担这样的任务。

古代叫外卖,多数通过主家派遣奴仆前往店中预订,或是店中派人上门兜售,再有就是预先与店中订有协议,在某时某节固定按常例送餐。

在明清小说如"三言二拍"、《金瓶梅》等作品的文字之中,多能见到殷实人家从市肆酒店叫餐的叙述。晚近的小说如《三侠五义》《儿女英雄传》中也有许多这样的描写。

古时客栈与餐馆是两种不同的业界,客栈是旅店,大多是附带饮食的,店家可供一日三餐并且兼管牲口的饲料。例如秦琼落魄时住在旅店中,虽不时被店家催索店钱,但是饭还有的吃。不过这种客店的饮食都是比较粗糙的。在许多文学描述中,那些行囊充裕的旅客多不用客店里的饮食,而是在当地有名的馆子里另叫饭菜。如果旅途中招待客人,则更是要到餐馆中叫上整桌的上等酒席。这样,既可在下榻的客店中畅谈,避免餐馆中嘈杂的环境,又可以显出隆重的待客之道,这些也都属于订餐外卖。

杜少卿在《儒林外史》中是较为鲜见的正面人物,他放浪不拘,摒弃世俗之见,带着妻子同游清凉山,也是事先就在南京的大馆子里订了野外郊游的席面,都是由馆子里派出厨役跟随,大约很多都是半成品,是可以在野外临时加工的。

在清人李斗的《扬州画舫录》中,说得就更为具体了。"野食谓之饷,画舫多食于野,有流觞、留饮、醉白园、韩园、青莲社、留步、听箫馆、苏式小饮、郭汉章馆诸肆。而四城游人又多有于城内肆中预订者,谓之订菜,每晚则于堤上分送各船"。李斗提到的那些名号多是当时二十四桥附近的餐馆,还不包括扬州城里的著名馆子。在城里的馆子订餐都是需要事先预订的,到了傍晚,这些餐馆都会根据客人的预订,将做好的饮食分别送到船上去。

大约从民国初年开始,北京的各大餐馆都装了电话。那时出版的北京旅游指南类的小册子中,除了介绍北京的风景名胜之外,也都在最后收录了北京各大饭庄的特色介绍,并且注有饭庄的电话。一是方便顾客预订席面,二是干脆注明了有送餐外卖的业务。无论是整桌的席面，还是零点的菜肴，都可以打电话预订，饭馆子里按时送到府上。

这种服务一直持续到上世纪五十年代中叶，我还能记起小时候见过的几家外卖。

一是卖盒子菜的普云楼和宝华春。当时的普云楼和宝华春都在东城，普云楼在东四东大街（原名猪市大街）东口路北，而宝华春在八面槽的金鱼胡同西口把角处。两家都是"猪肉杠子"与"盒子铺"合二而一的店铺。

旧时，北京卖猪肉的店铺叫做"猪肉杠子"，卖羊肉的铺子叫"羊肉床子"。而"盒子菜"则是鱼肉等制成的熟食。一般而言，猪肉杠子不卖盒子菜。但是这两家的买卖大，名气大，店铺都是分为两部分，一部分是卖生猪肉，另一部分是卖熟食。后来，那种叫做"盒子菜"的熟食销售逐渐超过了生肉，像普云楼干脆就不卖生肉了。这两家盒子铺都有外卖业务，不用你亲自到店里，只要你说出所要的品种和分量，自会有店里的伙计给送上门。

我的两位祖母喜好不同，祖母一切事都怕麻烦，因为普云楼离家最近，因此只点普云楼的熟食。当年东四二条人来客往多，许多时候临时来客，家里的厨子一时忙不过来，从普云楼叫些盒子菜是常有的事。普云楼的各种熏鸡、酱鸭、马连肉、清酱肉、小肚、卤味之类的盒子菜就是平日也会有二三十个品种，要是逢节日，应时的品种会更多些。除了临时来客，每年最多的一次预订盒子菜，就是初冬季节里吃"饭包"的时候。

饭包也叫"菜包"，这是典型的满族传统。我家虽是汉军旗人，但在五十年代还保留了一点这种习俗。饭包其实很简单，就是用新鲜的大白菜叶子包上大米饭吃。满人马上得天下时征战艰苦，能有大白菜叶子抹上点黄酱，再包点大米饭吃已经不易，哪里有什么其他东西？后来踵事增华，才在菜包里加上飞龙（野鸡）、酱肉、香菌、小肚之类。因此，记得家里偶有一两次吃饭包，都是从普云楼叫的盒子菜，品种总会有七八种之多。都是预先订好，届时由店里的伙计送来。

老祖母那里生活相对简单，平时客人也不是很多；但是也会偶有来客，人也不少，她那里的一个保姆哪里支应得了？于是也有去订盒子菜的时候。但是老祖母绝对不订普云楼的，而必须要订八面槽宝华春的盒子菜。她虽然是北方人，却喜欢南味的熟食。当年宝华春有些做熟的南京香肚、无锡排骨、炸铁雀儿之类。我至今还记得有种"笋豆"，大概是用红曲煨制过，色泽赤红，不但有黄豆，还有笋丁，特别好吃。

盒子菜，顾名思义，经营伊始，主营业务就是送外卖的生意。

四如春，原来开业在西长安街，是"八大春"中唯一一家湖南馆子。后来，西长安街拓宽马路，迁到了东四牌楼以北的四条西口，经营了两三年后也就歇业了。四如春搬迁后，离我住的二条近在咫尺，几分钟就到了。父亲特别喜欢那里的清炒鳝丝和银丝卷。有时嘱咐家里的厨子上午买菜时路过店里说一声，晚上伙计就会用提盒将一盘清炒鳝丝和银丝卷送到家里。

我印象最深的外卖，就是八面槽惠尔康的烤鸭了。

那时家里人除了偶尔去前门外看戏，是很少到前门外的，因此在我的印象中，很小的时候从来没有去过什么全聚德和便宜坊吃烤鸭，主要是因为太远，彼时又没有分号。反而常去八面槽的惠尔康烤鸭店。今天，已经很少有人知道这家烤鸭店了。

那时也去惠尔康店里吃烤鸭，但更多的时候则是叫到家里，家里也会同时做几样吃卷饼的菜搭配，并不拘于立春吃春饼，一年四季都可以吃。惠尔康有专门送外卖的伙计，骑着自行车，车后左右各有两只白洋铁桶，我到现在还有印象。伙计到后，要上家用的普通案板——反正这东西谁家都有，是不用店里备着的，然后便围上白布围裙，戴上套袖，立即开始片鸭子，动作极其麻利，不大会儿工夫就片完了。那时不兴摆盘那样的花活，鸭子虽然片得很薄，但都是堆放在一起，就不怎么讲究了。最后留下鸭架子。收拾好工具，解下围裙套袖，前后不过十几分钟就完事。有时一趟要跑两三家。

那时的鸭饼都是店里现烙的，也配有葱酱之类。惠尔康相对全聚德和便宜坊来说，属于新派烤鸭，具体是挂炉还是焖炉，我已记不大清，大约五十年代后期就没有这家字号了。

最后想说说当年送外卖的工具。

送外卖的工具不外乎两种，一是提盒，二是圆笼。我家没有从馆子里订过酒席，大多是些盒子菜和烤鸭之类，没那么大的排场，所以送餐的用的都是提盒，一般两三层。但那种圆笼可就大了，最大的圆笼直径可达二尺多长，上下三四层，一个人手提是不可能的,都是用担子挑起,一头一摞。一桌酒席大约得两三个挑子。五十年代,也很少人家有如此排场了。

这些提盒与圆笼当年都是店里预备的,都是竹编刷大漆桐油的,能使用很多年;外面的颜色乌黑发红,油亮油亮的,都包了浆。装提盒简单,但是要装圆笼则必须有些技巧了,当时馆子里使用的多是七寸盘,汤菜大件除外。一桌席面怎么放是颇有讲究的,既要节约空间,又不能洒汤漏水。旧时的大饭庄子和有名的餐馆几乎无不备有这样的装置。所用的都是饭庄的餐具,不用倒盘,这样也可以保持菜的外形不变。餐具第二天再由店中派人取回。现在这类提盒、圆笼早就不用了。几年前去过北京东郊的高碑店,那里有各种卖旧家具和装饰品的铺子,见到有家店铺集中了一屋子的提盒与圆笼,方圆高矮,各式各样,显然是被当做古董,等着喜欢怀旧或是猎奇的顾客来挑选。

在中国,规范的餐饮外卖起码有千年的历史,但无论如何,从饭馆子里叫外卖毕竟不如堂食,多好的菜肴,经过装入提盒或圆笼,再长途运送,都会大打折扣的。如果不是图方便或是家中有行动不便的老人,谁愿意叫外卖的酒席?今天其实也一样,叫到家中的外卖,怎么说也不算好吃的。

苏东坡游赤壁都吃了些什么？

苏轼的前后《赤壁赋》初中时代就能背诵，至今偶有人求字，也能默写而不用看书录上一篇。东坡先生的赤壁是搞错了地方，误将湖北黄冈（宋时称黄州）当成了三国时周瑜大破曹操的赤壁，于是在《前赤壁赋》中大发感慨，凭吊怀古。其实，那个赤壁是在湖北的蒲圻，今天改成了赤壁市，隶属咸宁，是其下属的县级市。

这两处赤壁我都分别去过，蒲圻的赤壁是十几年前去的，而黄冈的"东坡赤壁"则是七八年前才去的。蒲圻在战国时即有其名，因其地湖汊港湾盛产蒲草，故名为蒲圻。这里是长江中游的南岸，江面很宽，应该是三国时赤壁鏖兵的所在。

黄冈赤壁因苏轼写了《赤壁赋》，也被称为"东坡赤壁"。但凡去过黄州赤壁的人，都会觉得这里绝对不可能是那个火烧战船的赤壁，江面的狭窄，是容不下战船的。

苏轼因乌台诗案被贬到黄州的时间是北宋元丰二年（1079）的十二月，责授检校水部员外郎充黄州团练副使，大抵就是个地方武装部的副部长，但是却"本州安置，不得签书公事"，实际上是在监督之下，仅有虚职而无实权的小官。他直到元丰七年（1084）四月才离开黄州，大约在这里住了有五个年头。在黄州时，是苏轼过得十分惬意的五年，虽然生活相对清苦，却是他创作的高峰时期，前后《赤壁赋》、《水调歌头·赤壁怀古》、《记承天寺夜游》等词文以及书法作品《黄州寒食诗帖》等都是出自这个时期。

黄州虽在长江之滨，但是当地的生活并不很好，虽然"长江绕郭知鱼美，好竹连山觉笋香"，但是当地百姓对自然生态环境的利用尚欠缺知识。黄州当时的猪肉价格极其便宜，远远低于牛羊肉和鸡鸭等肉食，因为"贵者不肯吃，贫者不解煮"，于是苏轼就创造出了一种特殊的猪肉烧法，后来用另种烧法做出的猪肉被命名为"东坡肉"。所以说，无论是杭州还是四川眉山的东坡肉，都没有黄州的东坡肉渊源正宗，只是在黄州没有真正留下东坡肉做法的传承罢了。其他如东坡亲手所炙的鱼羹等，都丰富了当地的饮食。

在《前赤壁赋》中，"七月既望"，已经是初秋了，这篇从开始到终结，始终都是在舟中，而且时间从"月出于东山之上"，到"东方之既白"，在舟中的时间不会少于五六个小时。这次泛舟的人数，从文字的表述上不会少于三四人，加上使船的船工和童子仆妇，起码在六七人之数。因此这"一叶扁舟"是不会太小的。

《前赤壁赋》并没有说到在船上吃的是什么，但酒是不可或缺的。文末"肴核既尽，杯盘狼藉"，说明下酒的菜肴也绝不止一两样。如果在这么长的时间里需要将带上船的菜肴进行加工、加热，那么这条船的规模也就可想而知了。

文徵明擅作赤壁图，我见过其小品、扇叶多种，画的都是江面开阔，涯岸巍峨，一苇小舟状似乌篷船，笔墨是极好的，但是却有悖于真实。这样的小舟是承担不起如此众多的人员和烹饪器皿的。

虽然在《前赤壁赋》中并没有具体描述吃喝，但是五六个小时的时间是不可能单纯喝酒的。苏东坡是美食家，在黄州又写下了那么多关于亲自下厨烹制的美食，甚至收录在《东坡志林》中。"予在东坡，尝亲执枪匕煮鱼羹以设客，客未尝不称善"，并写下了这种鱼羹的具体做法："子瞻在黄州，好自煮鱼。其法以鲜鲫鱼或鲤制斫，冷水下，入盐如常法，以菘菜心芼之，仍入浑葱白数茎，不得搅。半熟，入生姜、萝卜汁及酒各少许，三物相等，调匀乃下。临熟，入橘皮线，乃食之。"东坡所说的这个鱼羹，实际上就是鲫鱼汤，既是美味，也能解酒。这道鱼羹在即将烹熟时放入的橘皮线，大抵就是橘皮丝，确实是去腥的佳品。如果这味鱼汤也带上小船，是必须要现做现吃的。东坡嗜笋，估计笋也是佐酒少不了的美味。

《后赤壁赋》关于吃写得就更为具体了。

东坡再次游赤壁是在十月中旬，已是初冬，这次所不同的是曾经攀爬峭壁，东坡尚能"摄衣而上"，而二客则"不能从焉"。这次对饮食的描述更为详尽：起因是客人说"今者薄暮，举网得鱼，巨口细鳞，状如松江之鲈"，至于到底是什么鱼，则语焉不详。有了鱼,需得酒,于是"归而谋诸妇",恰好藏有"以待子不时之需"的斗酒,真是两全其美了。

问题来了,食物与酒齐备,"于是携酒与鱼,复游于赤壁之下"。是先吃了再攀岩,还是待攀岩之后登舟,在船上烹制江鲜?我推断肯定是后者。想来不可能在"山鸣谷应,风起水涌"的涯岸边就餐,只有在船上才能有此舒缓安适的饮馔空间。这次苏轼游赤壁,不仅"履巉岩,披蒙茸",且"反而登舟,放乎中流",甚至在船上美美睡了一觉,还做了个梦,可能比前次时间更长些。饮馔有酒有鱼,又经过了攀爬的剧烈运动,大抵在船上吃得更香。两次游赤壁,一次是七月十六日,一次是在十月十五日,中间恰好相隔了三个月零一天,都是在船上过的夜。试想虽仅三月,东坡就有"曾日月之几何,而江山不可复识矣"之感叹,如今又经千年之变迁,那黄冈东坡赤壁也更非当年的面目了。

在蒲圻赤壁,江面开阔,颇为壮观,总会让人联想起当年赤壁鏖兵,那种"樯橹灰飞烟灭"的壮烈场景。这些年,蒲圻干脆改名为"赤壁市",主打三国"赤壁之战"这张牌,发展旅游,也是得其所哉。

住在赤壁,一位咸宁的朋友特地赶来看看我,也在酒店住留一夜,聊起近年来蒲圻的开发得失。第二天在酒店早餐,他看到我吃那里的热干面,觉得十分奇怪,说这里热干面绝对不地道,要吃还得到武汉,再次也得是咸宁的。其实,武汉的热干面是吃过的,但是我觉得糊嘴太腻,倒是没有这种"不正宗"的好吃。

至于黄冈，则主打苏东坡。黄冈规划了个很大的遗爱湖，辟为东坡公园，公园内仅允许电瓶车通行，而电瓶车又绝对不允许开出公园外。因为我腿不好，那日特许，电瓶车破例开到酒店，径直去了公园。这里全部都是时新的建筑和以东坡诗词意境开发的景观，至于东坡赤壁，去的人反而不是很多。

黄冈的东坡赤壁很狭小，水面很窄，最窄处大抵只有百米宽。不要说是战船，就是东坡泛舟也不算宽绰，很难想象当年的水面空间是什么样子。唯有前后《赤壁赋》的文辞与思想为我们留下了千古绝唱，而那两次泛舟的场景也给我们留下了无限的想象空间。

从前店后厂说起

似乎是从上个世纪八十年代初开始,世界级的大型餐饮品牌随着改革开放进入中国,对中国的餐饮企业产生了重大的影响。像肯德基、麦当劳、必胜客、星巴克等等,对中国餐饮的经营观念产生了巨大的冲击。而许多中国餐饮企业家也试图将自己的企业做成中国的麦当劳或中国的肯德基。

前些年每参加中国烹饪协会的会议,很重要的内容就是研讨如何将中国的餐饮企业做大做强。许多研究经济学的专家被请到协会,帮助、指导餐饮企业的利润发展,于是便提出了诸如造大船、集约化、规模化、标准化和建立餐饮企业连锁,乃至实行中央厨房配送的多种主张。我既不懂经济,又不做企业,对此完全是外行,因此绝对不敢妄加评论。从企业生存和争取更大利润的角度而言,他们的意见没有错。但这样一来,有一个结果也是避免不了的,那就是饮食的风格特色就完全谈不上了。久而久之,那些企业的悠久历史传统和文化又如何能不消失殆尽呢?如此,它们的立身根本又何在呢?作为一个普通的饮食受众,不能不为之感到担忧。

说起饮食业的繁荣，从来是和国家经济的强盛联系在一起的。这让人不禁想到城市饮食业开始繁兴的古代。唐代的西京长安和东都洛阳都算得是世界上最繁华、最庞大的都市，也是中外交流及交通的中心，但是，史上记载最多，也是中国城市经济真正开始兴盛的时期，却是两宋。

宋代从版图疆域上来说，应该算是大一统时代疆域最小的朝代，但又是城市经济最发达的时期。这种发达不仅仅囿于北宋都城东京汴梁和南宋的临安，而是在中等以上的宋代城市都已经形成了规模化的街道市肆和商业。虽然从北宋起就受到北方边患的威胁，但是并没有阻止城市社会生活和商业的发展。

不消说，这一点与东部地区的运河漕运是分不开的。由于运河的开凿，从隋唐以来就完成了南粮北运、东粮西运，北方的棉、煤南运等经济沟通，形成了运河沿岸城市经济的活跃，如京津地区，河北地区，山东济宁，苏北的宿迁、淮安、扬州等地城市的繁荣，更不消说运河南部苏松杭嘉湖平原的中小城市了。直到近代长江航运的发展，沿线口岸的开放，使长江沿岸大中小城市同样繁荣，并形成了各自的饮食特色。

同时，土地的私有化带动了小农经济之生产力，刺激了生产的发展，商品经济空前发达。同时，城市的宵禁制度逐渐废弛，城市沿街食肆鳞次栉比，可以通宵达旦，极度刺激了饮食业的繁荣。

宋代也是"世俗文化"与士大夫文化高度融合的时期，文人对于饮食极度关注,如北宋苏轼在其诗、词、文赋甚至书法作品中都有关于饮食的陈述。南宋陆游仅是关乎饮食的诗作就达百余首之多。"乘兴村村俱有酒",可见就是在村野乡间也有酒肆食棚。仅在《东京梦华录》《枫窗小牍》等笔记中,汴梁有名的饮食名店就有如"桥西贾家瓠羹""孙好手馒头""乳酪张家"以及如"王楼梅花包子""曹家肉饼""薛家羊饭""梅家鹅鸭""曹家从食""郑家油饼""段家煺物""石逢巴子南食""周待诏瓠羹"等等,不尽其数。其中不乏当时名店,价格可在一般同类店铺中高出一两倍,但顾客仍然趋之若鹜。可以看出,这里面有卖蒸食的、细点的、卤味的、乳品的、南味的,等等。在《清明上河图》中,我们也大致可见那种前店即食、后店操作、即做即食的场面。无论是正店还是脚店,规模不同,但是操作的形式大体相似。也正是这些独特的操作,才使这些名店能够保持特色和风味,名噪一时。

历代的餐馆当然都是前堂进食、后厨操作,这是天经地义的。很多百年老号虽然历经某些周折,几易其主,也不会改变传统的操作形式。我们习惯将餐馆分别称为"前厅"和"后厨",这也是全世界餐馆堂食的统一形式。所有的出品都是来自后厨的加工,从来就没有什么中心厨房配送的问题。当年就算是全聚德、便宜坊、惠尔康等烤鸭的鸭饼,也全部都是在后厨自己烙出来的。

从前的食品老字号也基本都是前店后厂,无论是北京、上海、天津、南京、广州还是苏杭的食品老字号,基本都是采用这样的形式，即便铺面较小，也会在附近安置作坊操作。如旧时酱园，酱菜的制作需要经过晾晒、腌制等大规模的场地，不太可能在店内制作，但是也会选择在不远的场地。

老北京的点心铺如瑞芳斋、聚庆斋、正明斋、桂英斋等，无不是前店后厂，因此制作的糕点都是新鲜的。上海的乔家栅、沈大成、老大房等，也都是现做现卖。我记得小时候在大佛寺不远处有家卖黄白蜂糕的老字号，其他的点心不见得多好，但是所做的黄白蜂糕极佳，都是在店里现做，到了下午两点即售罄，卖完也不会再做了，所以要买这种蜂糕一定要赶在中午之前。

我还记得1966年第一次出京到杭州，在延陵路上的正兴馆吃的面和松针汤包，都是现包现做，下笼即食，味道都是极好的，就是北京东安市场里的五芳斋也难以相比，令我大开眼界。后来，那里改成了杭州饭店，许多年轻的杭州人连延陵路都不知道了。如今去过杭州许多点心店，做的各种点心徒有其名，质量远远不如从前了。

每次去扬州，必定会去国庆路上大麒麟阁买些京果粉带回北京，据说，这家大麒麟阁是目前扬州唯一一家保持着前店后厂生产方式的食品企业，三层楼房，除了零售的店面，在二三层都有制作车间，一层除了门市，还有包装车间。大麒麟阁每年都会按照不同的季节制作应时的糖果点心。记得有次冬天去大麒麟阁，问问可有绿豆糕，回答说："早就过季了，你明年夏天再来吧。"态度虽然略生硬，但却让我有一种莫名的满意感,说明他们还保持了应季制作的老传统。大麒麟阁的京果粉是其他地方没有的,也是扬州颇有代表性的食品。这种东西当不了点心,充不得饥,往往多是在下午冲上一碗,类似餐间茶歇。而绿豆糕不同于北方那种干巴巴呛嗓子的绿豆糕,而是油汪汪里面有豆沙馅的,用模子一块块磕出来。扬州人喜欢吃猪油,但是这种绿豆糕却是用的素油,因此甜而不腻。

大规模的工业化加工会破坏食物的原味和本色,最突出的莫过于德州扒鸡。几十年前,德州扒鸡、沟帮子熏鸡、符离集烧鸡都是享誉全国的,这些地方又都在铁路沿线上,列车每到站台,立即会有挎着篮子的小贩兜售当地的扒鸡、熏鸡、烧鸡,虽然不能以过高的卫生标准要求,但是那种醇厚的味道却是地道的。通过车窗买上一只,再来包五香花生米,就着小酒,寂寞的旅途就别是一番滋味了。

有一位收藏竹刻的德州朋友,每次来京看我,都会带两只德州扒鸡。他都是在头天晚上到熟悉的店里预订,和店家说好,要夜里现做的扒鸡,大约凌晨出锅。次日凌晨店里尚未开门,他就去取,然后乘头班高铁,大约早上九点多就到我家了。这样的德州扒鸡虽然赶不上几十年前的味道,但是远远比在商店里买的强多了。现在的京沪高铁里总是兜售德州扒鸡,特别说明是德州特产,但都是真空包装,打开后会令人大失所望。销量上去了,品牌却倒了,实在是得不偿失。

前年第一次去山东青州,为的是去看青州龙兴寺窖藏出土的造像,无意在青州发现了一家做糕点老字号,名字叫"隆盛号",也是我从来没有听说过的。大概在青州只有两三处销售点,但都需要很早就去排长队。我们去的那家在店里设置了回旋式的不锈钢栏杆,为的就是维持排队的秩序,看来这样的排队购买已经是旷日持久了。这里的糕点虽谈不上有多么精致,但都是货真价实,用料也可以放心。

隆盛号的店外停放着许多各色汽车,我等候里面的人排队购买,就和外面开车来的人闲聊。山东的车都是"鲁"字头,我也搞不清下面的字母是代表哪个地方,就问那些司机,果然,他们有的是从潍坊来的,有的甚至是特地从枣庄开来的。里面出来的人都是拎着大包小裹,塞了满满的后备箱。问他们为什么要买那么多,回答"这里的糕点做得就是好,那么远开车跑一趟,都要给亲友们捎带些回去"。店里的售货员也真不嫌麻烦,多数的糕点都是上秤现约分量,而不是事先包装好的陈货。

每次去无锡的三凤桥,都要在店里买些熟食卤味带回北京,尤其喜欢那里的酱骨头、酱鸭、脆鳝等,虽然味道甜些,但是确实做得好。这几年没去,想吃了,于是有人说网上都能买到。试着在网上找找,果然是有的,买了酱排骨、酱鸭、熏鱼等,但是等货到打开,却是大失所望,并不是人家做得不好,而是真空包装之故。那包装袋子上居然赫然印着"保质期12个月",实在是匪夷所思。

安徽的茶干非常出名,尤其是长江沿线,过去坐船溯江而上,沿着江边的许多城市都能吃到各自出名的茶干,如马鞍山的采石矶茶干、铜陵茶干、和县茶干、芜湖茶干等等,大多是五香茶干,虽然薄厚、大小有异,但是口感极佳。各地的茶干虽然味道有异,但各有特色,尤其是都很绵软,有嚼头,回味无穷,就着茶作为零食,韵味悠长,是最好的佐茶佳品。如今,这样的豆腐干也分装成真空小包装,打开后干子很硬,弹性全无,味同嚼蜡,最后嘴里像是含了一口木头渣滓。多么出名的品牌,都会是一个味道。过去很多茶干都会在每一块两三寸见方的干子上打着自己字号的印记,如今也大多不见了。

宁波"楼茂记"酱园有着两百年的历史,是楼姓子孙代代相传的老字号,做的各种豆腐干、香干也很出名,品种也多,每块上都会打着"楼茂记"的戳子,以彰显百年老号品牌。无论是空口吃着玩儿还是做菜,都是非常不错的选择。如今也都做成真空包装,大煞风景。

每去超市,看到那么多熟悉的食品做成真空包装,不免兴趣索然。工业化的生产方式促进了商品的流通,提高了销量,但也无形中毁了自己的品牌,总觉得是件得不偿失的事。

前店后厂的生产方式经过了时间的考验,经历了优胜劣汰,虽然已经"落伍",但我想不妨给它们留下一席之地。饮食文化的传承如百舸争流,或许也应该让那些小艇小舟,也有放逐江流的地位。

温度与火候

不久前,美食撰稿人三三出版了一本新书——《烟火三十六味》,是她近年来在江浙、广东、四川、云南的美食笔记。三三当过编辑、美食记者,十余年来,游走于各地名餐馆、资深厨师、市井美食和三街六巷的菜市场之间,因此所记都是她最真实的闻见和体味,不但言之有据,而且不同地域的特色绝不雷同。

应她和三联书店之邀,我为这本随笔写了一篇名为"烟火气 人情味"的小序。本来要在出版之际举行一次读者见面会,但是因疫情的缘故,一拖再拖,直到春节前的腊月底才在首都图书馆做了一次线上直播。直播的题目叫《与食俱进——餐桌上的民族食物志》,也算是我们之间的一次关于饮食文化的对谈。

在对谈中,三三提到她在与厨师们的接触中,发现烹饪最重要的问题是"温度",开始我没有太理解,后来才意识到她说的其实就是火候。或许她在南方时间长了,南方厨师不大用"火候"这个词,但是北方的厨师们常用,北京的厨师还喜欢在后面加个儿化音，叫"火候儿"。

"火候"很多人误解是在炒菜时的温度调节，其实不然，一切烹饪都有火候的问题，即便是蒸、煮、涮、煎、炸等等，都离不开火候的掌握，例如蒸鱼，多一分钟肉质变老，少一分钟则不熟。尤其是温州和潮汕的清蒸海鲜，讲究的就是最准确的时间，那就更甭提炒菜和煎炸了。就算是煮和炖，也讲究个火候，大抵就是三三说的"温度"了。这其实是远远比什么下料、刀工等更重要的烹饪技术。

大概现如今的厨师，五十岁以下的都没有使用煤火做菜的经历。当下不要说是大城市，就是中小城市里的餐馆都早就不许使用煤火了。天然气的使用确实是一大进步，对火势的调节和污染的减少产生了重要的作用，但是在烹饪方面却缺失了一个人为掌握火候的技巧。我曾经与很多老厨师讨论过这个问题，他们也都有同感。同样的油温，例如都是200度，煤火就远比天然气"火头儿"硬得多，煤火的温度和强度显然不是天然气火势能达到的。

大约在四十多年前，城市的餐馆大多还是使用煤火的。记得八十年代初，我在安外和平里医院工作，那时在蒋宅口以北路东开了家"实习餐厅"，是早先东城饮食服务公司开办的全市首个烹饪学校，完全是"师带徒"的形式，也是学生上灶实践操作的课堂。刀工和理论可以在课堂上学，但是火候的掌握就只能由师傅带着在灶上练了。不过，出菜都是在师傅的指导下，不合格的菜品是不会端上顾客餐桌的。经营的也多是普通餐馆常见的京鲁菜。

八十年代改革开放初兴，那时医院也有了奖金，因此谁拿了奖金就会请大家去那个实习餐厅吃一顿。一顿饭下来，也不过十来块钱，甚至不到十元。各科相好的朋友也会在门诊结束的中午，相邀去那里就餐。一周去吃一两次是经常的事。有时来了朋友，也会让他稍等一会儿，待门诊结束后一同去那里吃个便饭。至今我的一些老朋友还常常怀念那家实习餐厅。当时有位老师傅常常出来和我们聊天，他说，"办这个实习餐厅的目的就是让学生们到灶上掌握烹饪的火候儿"，可谓一语中的。

如果想奢侈一下，那就要骑车去安定门内交道口的康乐餐厅了。我至今还记得，当时的实习餐厅和康乐使用的都还是煤火。请教了一位当年在康乐的老师傅，他明确地告诉我，他在康乐上灶时，使用的就是煤火，开始用的是烟煤，以后还烧过一段时间的油。至于那些实力较差的小餐馆，用的就是煤球了。

我记得小时候住在东四二条时，家里的厨房是在外院，厨房里有个黑乎乎的大灶，上面大约有四个窟窿，三个是火眼儿，一个是汤罐。汤罐是常年保温的热水，即便是晚上封了火，里面的水也会是烫的。那时厨房烧的硬煤块，算是比较奢侈的了，比饭馆的烟煤要好。

因为是用的煤火，餐馆厨房都是在一层，即便是有楼的大馆子，厨房也是在楼下，不能将厨房设在二层以上。那时的东安市场森隆，西餐部有楼上的冷菜操作间，但是炸和烤的西菜也是在楼下操作。森隆是北京有数几家有电梯的大馆子，伙计可以坐电梯送菜到楼上。还有便宜坊，旧址在鲜鱼口内路北，一楼一底，楼上是转着圈的包间雅座，但是菜肴也是由伙计们用托盘送上楼的。在"大跃进"搞技术革新的年代，有的馆子在一层和二三层之间搞个升降机，记得东安市场的五芳斋就搞了这个玩意儿，大家还觉得非常新奇。如今有了天然气，无论多高的楼层，照样可以在同层设有厨房，有人管这个叫做"厨房上楼"，确实是便捷多了，但是那种用煤火的感觉和好处也没了。从前的厨师讲究的就是"勺把子"上的功夫，这功夫是与火力有着密切关系的。

有人将厨艺叫做"颠勺"，为什么需要颠勺？其实就是人为地掌握火势，煤火不能调节大小，只能靠厨师颠勺的功夫来调节：远一点，火势低些；近了，火势大温度高，油温热，功夫也就全在于此了。

有一道"麻酱腰片"，看似简单，其实对功夫的要求很高。不但刀工要好，能平着片成极薄的大片是本事，还需要掌握好滚水"焯"的技术。这就必须得温度极高的沸水，一见断生立即将漏勺抄出，迅速放在冷水里"激"一下，这样焯得的腰片是脆的，口感极佳，最后再用调制好的作料敷上。但凡是火候不到位，绝对是失败的。

我家的厨师据我知道的，三十年代是许文涛、四十年代是沈寿山，这两位都是真有手艺的淮扬厨师。我小的时候记事时，是一位姓李的老厨师，再后来就是二条的冯祺，最后是那位福建祥。后面的三位其实就都是"二把刀"了。冯祺做饭我见过，倒是还有些颠勺的架势，到了福建祥就全无了，实际上就是在锅里扒拉扒拉而已。

没有比较就没有鉴别，煤火炒出的菜与天然气就是不同，不但有广东人所谓的"镬气"，而且口感也不尽相同。时代在发展，很多年吃不到煤火炒出的菜了。

大约是四年前，应曲江文旅之邀，去参加在四川大邑安仁古镇举行的"中国古镇文化研讨会"。第二天上午没事，由两位曲江文旅的年轻人陪我去游览大邑的名胜，坐在古镇上饮茶闲聊，耽搁了时间，下午还有会议，赶回去吃饭已经是来不及了，于是我们就在途中找了个村镇上的小饭铺。小饭铺不大，倒也洁净。我和那两位年轻人讲好，就我们三个人，越简单越好，不要浪费。于是我点了鱼香肉丝、麻婆豆腐、炒豆苗，还要了个汤，足矣。不料他们趁着我去洗手间，又点了个豆瓣鱼，变成了四菜一汤。

等着上菜期间，我走进厨房——那间厨房是任何人都可以随便出入的——发现厨房里用的仍然是煤火大灶，两个炒菜的师傅，好几个火眼，都冒着一尺多高的火苗子。两人熟练地颠着炒勺，忙得满头大汗，有条不紊地出菜。这是多年没有见过的景象了。

菜做得很好，尤其是有镬气，手艺不输于大城市的川菜馆子。最后一算账，三个人，四菜一汤，才160多元。川味之地道令人难忘，而更让人难忘的是那大灶上呼呼冒着的火苗子。

耳目之餐

1980年，由日本的中国料理研究专家中山时子和木村春子等带领着摄制组来中国拍摄的五集纪录片《中国之食文化》，可谓是记录中国各地美食的经典之作。片长两个多小时，为彼时中国的大众美食，留下了真实生动又极其宝贵的资料。后来，日本妇女杂志又出版了汇集北京各大著名餐馆饮馔的精美图册，记录了这些名店和名厨的出品，并且十分详尽地介绍了用料和加工过程。四十多年过去了，人们的饮食观念发生了很大变化，许多老一代的名厨带着他们的技艺离世，愈发显出这些资料的弥足珍贵。

2020年金秋，应首旅全聚德集团之邀，我参加了北海仿膳95周年的店庆。店堂里有个小型的仿膳回顾展，我和烹饪大师王义均一起参观时，王老特别兴奋，拉着我的手，指着墙上的每张照片，回忆他五十年代初在仿膳实习的许多旧事。当年的许多菜他都和老师傅学过，像芙蓉燕菜、蛤蟆鲍鱼、金鱼鸭掌、一品豆腐、乌龙吐珠等等，都是老师傅手把手教的。如今，王老也是年逾九十的人了，他一再对我感叹"失传的手艺太多了,失传的菜太多了"。

每读社会生活史料笔记,不要说类如《酉阳杂俎》《北堂书钞》《东京梦华录》《武林旧事》《梦粱录》《扬州画舫录》《桐桥倚棹录》《履园丛话》《清嘉录》《闲情偶寄》等书中关于酒食的篇目,就是像《山家清供》《吴氏中馈录》《食秘鸿宪》《随园食单》《中馈录》这些饮食专著,大抵都不会有十分具象的画面出现,文字的描述毕竟过于刻板和简单。

应该说,近年拍摄的三季大型纪录片《舌尖上的中国》是十分成功的作品。无论在编创、文字、取材、摄影、解说等各个方面,相对而言都是比较优秀的。2014年,承晓卿的厚爱,邀我担任《舌尖上的中国》第二季的顾问。说来惭愧,其实我也就是在创作第二季之前,与主创人员有过一次两个小时的讲座,并没有参与什么实质性的工作。

《舌尖上的中国》很具艺术性与文学性,从食材的原生摄取、普通百姓的饮食,到美食的生成过程,一一娓娓道来。平心而论,三季的《舌尖上的中国》都更突出了它这方面的优势,而并非专注于各种美食成品的再现,因此不像那些直观操作的纪录片,让人看的时候便忍不住垂涎欲滴。

近年,记录美食的电视片或者节目长盛不衰。而在电影故事片中,一度也曾有以美食为主题的,如八十年代以陆文夫小说改编的电影《美食家》。朱自冶和孔碧霞的美食就让人神往,尤其是后来夫妻两人请客做的几道菜,除常见的江南名菜之外,那道番茄酿虾仁,就足以令人垂涎。只是这部影片是黑白的，观感上逊色了一些。

此类美食电影中，拍得最好的应该说是李安执导的《饮食男女》了。影片中不但有曾经服务于圆山大饭店的朱师傅那一连串精湛厨艺的展现，也有深邃的人情味，把厨艺和人性都表现得淋漓尽致，不愧是李安的作品。再有就是后来徐克导演的《满汉全席》，也有很多美食的展现和厨艺的竞技。至于后来这方面的电影，无论是内地还是港台，大多是搞笑恶俗的东西，我是从来不看的。

日本的美食电影中有很多是严肃的，如《深夜食堂》《寿司之神》等，也有细腻表现美食及其制作过程的片段。

说来也奇怪，人的记忆有时是不经意的，但是留存的印象却非常深刻。

《红菱艳》是英国在1948年拍的一部非常优秀的影片，也是我在少年时代看的次数最多的影片之一。它的原文名称其实非常直白，就是"The Red Shoes"，直译就是"红舞鞋"，中文的翻译却更赋予了诗意。这部片子是在彩色技术尚未完全推广时，采用浓厚的色彩拍摄的，是当时最好的彩色影片之一，唯独奇怪的是好像没有经过译制，我小时候看的都是英文的原版。影片讲述的是从小爱舞如命的芭蕾女演员佩姬在事业与爱情上的痛苦徘徊，而在两者之间做出艰难抉择的故事，非常感人，据说当年英国女王看后都为之动容。

当年我几次看这部片子的时候大约是十三四岁，至于佩姬与芭蕾舞团长莱蒙托夫和作曲家朱利安的情感纠葛，以及在事业与爱情上的冲撞等，还不一定能完全理解，但是画面的美感却深深吸引了我。而最令人难忘的两处，一是佩姬与朱利安坐在马车上，缓缓行驶在地中海岸边的情节——夜色、老马、如银的月光，已经在驭手位子上熟睡的赶车人，静谧的地中海岸，没有语言的依偎，至今都能回忆起来。但是相比之下，另外一处说起来就有些可笑了。因为对我这样一个未经事的少年而言，更吸引眼球的则是那些在彩色影片衬托下的美食。

那时主人公佩姬正是当红的风光时期，演出所到，无不是盛宴接待，就是一顿早餐，也是杯盘交错，五光十色的精美磨料与陶瓷餐具，无数可供选择的早餐花样，尤其是那一大杯的鲜榨橙汁，极其引人食欲。五花八门的食物交相辉映，那个年代里，就算我还有些经历，也不可能禁得住如此豪华的美食轰炸。这样的饮宴多次在影片中出现，真正地令人难忘，甚至如同身临其境。应该说，《红菱艳》给我的饮食记忆远比它的内容印象更深。

余生也晚，但有幸曾和几位老先生同桌吃饭，叨陪末座。如启功先生、朱家溍先生、王世襄先生、周绍良先生等。都谈不上是什么豪华的宴席，只是家中或馆子里的普通饭菜而已。这些前辈老先生在饭桌上从来不对饭菜品头论足，虽然他们都精于饮食之道，但绝对不会点评桌上的饭菜。倒是会在聊天时回忆些某年某地吃过的美食，描述之精到，令人如临其境。于是桌上的出品也就显得黯然失色了。这也是老先生们的修养和为人的厚道。这几位老先生对于饮食的知见和特点其实也不尽相同。

启功先生好吃,也很馋,但是不太挑剔,饭桌上很少说这个好、那个不好之类的话。但是启先生学问深厚,对于很多食物的掌故和出处能如数家珍,考证渊源。因此与启先生一起吃饭每每都会有所收获。自从七十年代中以后,启先生的境遇与心情都发生了很大的变化,吃的机会也多,他对此的兴致一直很高。不久前,我在烤肉季的"武吃"自烤的包间内,还看到当年陈援庵先生带着弟子柴德庚、刘乃和、启功在此吃烤肉的照片,可谓弥足珍贵。

王世襄先生不但会吃,更会操作,身体力行,因此眼里不揉沙子,虽然在饭桌上不会品评优劣,但是我清楚他的想法。九十年代末,我在灯市口上班,那时的萃华楼就在天伦王朝饭店的楼下,中午去那里吃饭,常碰到敦煌兄,每次都提溜一大撂自备的饭盒,是给畅老买回去吃的。我问敦煌,买这么多干吗?敦煌总是一脸埋怨的神气对我说:"这还指不定吃不吃呢。"

畅老对各地美食都十分熟悉,前时,应松荫之邀,抄录了畅老为杭城楼外楼撰写的一副楹联"葛岭丹成抱朴子,洪楼盘荐响铃儿",干炸响铃不但是楼外楼的名菜,也是杭州菜里的特色。

朱家溍先生也好吃,但并不精于厨艺,也是从不挑剔的人。但是朱先生谙熟北京的中西餐馆子,哪家馆子开在哪里、何年开业、何年歇业、几经转手等等,季老都能如数家珍。我的《老饕漫笔》请季老作序,季老就给我指出了几处书稿中的谬误。

美食家大抵都是热爱生活的人,当年季老和畅老在咸宁五七干校时,后期生活有所改善,畅老利用那些有限的物质资源,还能做出几道很像样的菜来。季老不擅饮酒,过年时,畅老以腊肉相馈,季老回复七律一首,我还记得最后两句是"不饮也应看酒笑,持将腊肉助新诗"。

周绍良先生是我非常熟悉的长者,他的夫人又是先慈在法国学校时的同学,他家七十年代住在团结湖时,两家过从很多,也有时互赠些食物。后来我和周先生一起去听大鼓,也一起在外面吃饭,先生虽然有些口吃,但是谈起美食,也会眉飞色舞。

原人民文学出版社的弥松颐先生也是位老饕,听他讲些美食掌故也很有趣。可惜当年我们住在楼上楼下时,失之交臂。

"耳食"本意是指道听途说的不实之言,但是在餐桌上的"耳食"却是令人见识大增,或者这是另一种难得的"消遣"罢。

无论是视觉的美食还是关于美食的叙述,也都是饶有乐趣的事。

话说"食不甘味"

"食不甘味"这个词最早见于《战国策》,并且出现过好几次,如齐策和楚策里都曾出现过。战国诸侯交战频繁,来自敌方的威胁和敌强我弱的态势时时发生,因此作为一国之君便经常会焦躁得茶饭不思,甚至不时出现"寝不安席,食不甘味""卧不安席,食不甘味"那样"心摇摇如悬旌"的感觉。

吃什么好东西都感觉不出味道,不觉得香甜,大抵是心里有烦事或是身体有疾患不舒服的缘故。

聚会吃饭有各种因由,好在我是普通百姓,也不用参加那种令人厌烦的官场、商界的聚会,忍受不得已的应酬之苦。不过,会从很多影视剧中看到那样的场面,宴席豪华至极,或是请托逢迎,或是商场运作。更有兴逆讼、逞凶横的,或者求恩宠、媚音容的。吃喝有因,宴无好宴。宴席之上,谈得拢了,觥筹交错,烂醉酩酊;谈得不快,大打出手,拂袖而去。一场宴席靡费之多,看着都觉得可惜。

似这样的饮宴,与宴者的心思全不在食物上,自然也是"食不甘味"了。

旧时的谭家菜，始创于谭宗浚，继承于谭篆青、赵荔凤。虽然极尽豪华精致，价钱是当时餐馆中的天花板，但来此吃饭的人基本都是知味老饕，宁可每人自掏腰包，做个神仙会的局，大家去吃一顿。谭家菜自从对外营业伊始，就很少有人为了排场去大请其客的，而多是馋人的聚会。记忆中谭家菜也从来没有零点的散座，原因是这种有着特殊品位和布局的专门宴席都有一定的规格，无法单做几个菜。于是那种意在吃外的场面席也不会选择谭家菜，而且，宴席也都是需要提前十天半月就预订的。

谭家菜在羊市大街和果子巷的时代我没有赶上，后来谭篆青与赵荔凤相继去世，彭长海等传人将谭家菜搬至西单，与粤菜老字号恩成居合用一个餐厅。我还记得要经过一个比较狭长的通道，可以分别到这两家馆子。当时恩成居的生意不错，但是谭家菜平时就显得冷清些，毕竟价格不是一般民众所能接受的。在我的记忆里，好像仅去过两次，一次是和外祖父等人，另一次就记不清了，但是肯定有两位祖母，也许是外祖父的倡议。当时我的祖父已经去世，但两家亲家关系很不错，也偶有一起吃饭的事。那时虽小，但也有些记忆。谭家菜当时并不像描述中所说的厅堂内多么讲究，都是紫檀、花梨的家具和古玩字画，我印象中只有两三个包间，布置也很一般。

后来1957年西单商场扩建占地，谭家菜次年便被召至北京饭店，主要任务成为招待外宾和重要领导，从此在市面营业性餐馆的行列中淡出视野。而恩成居则在歇业几年后于六十年代初在南河沿的欧美同学会文化餐厅原址重新开业,大约到1966年才彻底歇业。

谭家菜最擅长的是海发干货,如鱼翅、花胶(鱼肚)、鱼唇、海参、干贝、鲍鱼、鱿鱼等,这些原料的选择极为重要。谭篆青去世后,赵荔凤当家,每次都是带着彭长海等厨师亲自去最好的干货店挑选。例如鱼翅,一定要选顶级的大排翅"吕宋黄",质地是绝对含糊不得的。鲍鱼要起码四头的紫鲍,而这些干货店的材料又多是来自广东和香港。干货的发制至关重要,发不好,发不透,就会极大影响下一步的烹制。谭家菜擅长烧、炖、煨、燣,很多都是慢工火候菜。除此之外,也有不少绝技是别家没有的,如"柴把鸭子",就是用精选的鸭肉和嫩冬笋各取二寸长,用苔菜捆绑炸后再烧,都是极费工夫的菜肴。

谭家菜做的黄焖鱼翅和清汤官燕,配料十分讲究,如清汤官燕所用的虾茸和鸡茸,虽是仅用来起到提味的作用,但也是含糊不得的。

所以,就友朋小聚而言,吃一顿谭家菜,尽管所费不赀,却还是难得的享受。来此吃饭的既都是知味老饕,是奔着去欣赏解馋,不是摆谱儿,那就再有什么烦心事,也会抛到九霄云外去了。

在很多场合,我都曾直言不讳地表示过对安排那些歌舞伴宴的反感,有人说,这是中国传统文化的一部分,历来宫廷饮宴或是孔府宴等都曾有此举。这些我并不否认,但是中华文化中既有精粹,也有糟粕,我们不一定全部继承。况且有些传言并非事实,如孔府饮宴,在多数宴客规格中,也只是以中和韶乐伴宴罢了。

这种歌舞伴宴经历过几次,感觉很不舒服,首先是对食物的不尊重,也是对厨师和演艺者的不尊重。在这样热闹嘈杂的环境中,再精湛的厨艺也是食不甘味的。

在许多聚餐中,吃什么并不重要,如老友重逢、家人团聚。不要说中国的习俗,外国亦然。这是完全可以理解的。有些时候明明是为了美食而去,到场却无意于桌上的食物,被话题冲淡了对食物的欣赏,也是常有的事。更有些饮宴,在餐桌上说些自己或是别人不如意的境遇,也会大煞风景,令举座不欢。还有哗众取宠的,说些低级色情笑话,其实不但不能助兴,反而让人觉得大倒胃口。凡此种种,也是会导致食不甘味的因素。

澳门的博彩业昌盛久矣,不但吸引着世界博彩爱好者趋之若鹜,也有不少内地贪腐官员、暴发商贾去那里一掷千金,豪赌不歇。澳门的赌场内都设有高档餐厅、特色美食,很多是融酒店、赌场、餐饮于一体,可以方便嗜赌如命之人的需要,使之足不出酒店,吃住全都解决。例如翠园餐厅,是创办于1971年的香港美心集团旗下的企业,至今已有半个世纪的历史。无论是各种点心和传统、创新粤菜做得都不错,澳门的博彩场所里都有分店。我在十几年前去过澳门,那时北京还没有翠园,发现去那里吃饭的人大多是从赌场里出来的,都是意不在吃,匆匆解饿充饥罢了,真是可惜了那些精致的美食。

关于澳门的美食，总是被其博彩业的声名所掩，其实，当地的美食是别具特色的。那些街头的大众小吃最为旅游者青睐，如葡国蛋挞、猪扒包、大菜糕等，每到出炉的时候就会排起长龙。似乎这些就是澳门的特色。其实，澳门的美食远远不止这些。除了高档酒店中的米其林三星餐厅之外，还有正宗的葡萄牙菜、法国菜、日餐和粤菜，如山度士餐厅、丽轩餐厅、誉珑轩、陶陶居等。由于时间仓促，在粤菜中我们仅去了陶陶居，果然不错，烧肉、带子等都比香港不差。但尤其值得一提的是那里的葡国菜。

说到澳门的葡国菜，是在哪里也吃不到的，葡萄牙本土没有，粤菜中也没有，形式和味道都很特殊。这些年比较走红的沙利文、安东尼奥、法兰度之外，老店木偶餐厅就在官也街，距离我们住的银河酒店不远，就是不坐班车，散步也可以到达。这里的菜既不像粤菜，也不像西餐，味道很特别，如"马介休"，是以鳕鱼为主料，加上土豆粉、洋葱炸成球状。马介休原义并非指这种炸过的圆球，而是当年葡萄牙人在海上腌制的鳕鱼制品。但是在今天，人们就把这种炸过的鳕鱼土豆球称为马介休了。也有一种薯丝马介休，是将土豆和马介休都切成细丝，配以烟熏肉、青椒炒，非常像中餐的做法。再有就是出名的澳门葡国鸡，味道有点像咖喱鸡，但是并不相同。在比较大众化的葡国菜中有老店坤记餐室，那是家百年老店，也是澳门最便宜的大众餐厅，之所以能维持百年，我想自有它的道理。木偶餐厅虽然并不豪华，但是众多的演艺界大腕和来澳门的政要都会光顾。除了这家,我们还去过小飞象餐厅,也在官也街的巷子里,规模档次略低于木偶餐厅。

澳门的美食较少为人提及,被关注的仅是那几家米其林三星或是黑珍珠等品牌,真正的澳门葡国菜往往却湮没了。其实,这种结合了澳门本土风味的葡国菜才是更独特和值得欣赏的。我想,那些去澳门专为豪赌的人,也是因食不甘味才感觉不到美食的乐趣吧。

我喜欢和三五知味老友一起吃饭,在饭桌上专注的是食物,嘴里吃的、口中聊的,都离不开这家餐厅的出品,每一个菜都能评其优劣。饭后,有时还能和大厨或头火聊聊,总能感到余味绵长。

重阳的记忆

将重阳节定为"老人节"或"敬老节",不过是近三十多年的事。虽然在古代并无敬老这重含义,但"九"数在《易经》中为阳数,也是数字中最大的,九九相重,九九归真,一元肇始,是个吉祥的日子,因此以此定为"敬老节"亦无不可。

重阳始于上古,而盛于唐代,在唐代被定为四节(元日、冬至、端午、重阳)之一,唐人写重阳的诗作不胜枚举。不过,每到重阳总不免有伤怀之感,如"节物惊心两鬓华,东篱空绕未开花"(高适)、"他乡共酌金花酒,万里同悲鸿雁天"(卢照邻)等等。每于斯时,咏物怀人,更会立时想起王维的《九月九日忆山东兄弟》。这里所说的"金花酒",也就是菊花酒。

重阳是一年中不冷不热的好日子,后来也多是诗酒唱和、登高雅集的时节。清代京中多禁苑,所以首选的地方,也只能在宣南的陶然亭、龙树寺了。

我小的时候,人们似乎没有那么多雅兴,又与刚过完的中秋节时隔不远,所以很少有人提及每年的重阳节。在我记忆中,重阳节不过总是和菊花、螃蟹、花糕等联系在一起。只是古时遍插茱萸的习俗，似乎早已在现代生活中消逝了。

我家没人喝酒，于是什么菊花酒之类从来就没有。至于栽种菊花，也只有老祖母家里侍弄一些。我们这边自从男佣老夏故去以后，住的院子里所有的植物，似乎都是自生自灭，再无人上心了。至于螃蟹，北京上市晚，大抵总要在重阳之后才吃。因此重阳的氛围全无，唯一应景的，无非就是从点心铺子里买来的重阳花糕了。

花糕各地不同，北方许多地方是自己制作，不用说是农村，就是在城市里，许多人家买不起点心铺的重阳花糕，也都是自己做来应景儿。名为"花糕"，无非就是分为几层的枣馒头：将发面铺开，中间铺上大枣，上面再摞一层发面，多则三四层，蒸出来是个几层的发面糕。即使如此，对于贫寒之家，也是一年中不可多得的好东西了。西北和山西擅做面食，我在那些地方见过做得争奇斗艳的各种重阳花糕，不但层数多，还染得花花绿绿，上面插上五颜六色的小旗子，要是讲究些的，每层之间除了大枣，还加上一些果料。

南方的花糕则不同，多是用糯米制作，有点像过年的八宝饭，但也是层层叠叠，也有的是用米粉做成的，多是几层高。糕与高同音，因此寓意着生活年年逐高的企盼。江浙的花糕多用米粉，中间的果料远比北方丰富多了。无锡人每逢重阳必吃花糕，也做得十分讲究，但是奇甜无比。浙江人尊古制，每到重阳，按照古人重阳食"蓬饵"的民俗，花糕是绝对不能少的；除了花糕，还要吃赤豆糯米糕。

西南地区有重阳吃糍粑的风俗，这种糍粑也被称为重阳糕或是"米果"，或将米果摞起，也是寓意登高的意思。四川和云贵都有糍粑做的花糕。

小时候，距离我家最近的点心铺是东四头条口的聚庆斋和八条口的瑞芳斋，但是瑞芳斋的点心做得更精致些，所以宁可到稍远些的瑞芳斋去买花糕。北京点心铺的花糕大同小异，都是两层有枣泥馅的圆形小饼上下摞起，中间夹上果料，如山楂、葡萄干、核桃仁、青梅、桂圆肉、瓜条等，周边颜色鲜艳。其实都差不多，似乎瑞芳斋做得更精致绵软些罢了。直到今天，这个传统依然保留，北京稻香村的各分销店里，每到重阳节的前几天都会有花糕上市，既有盒装的，也有零售的，买几块都可以，总可以应应景。不过，重阳一过，立时就没有了，要买得等来年。

重阳，更是缅怀故人的时节。

七十年代中到八十年代初，父亲的身体尚好，1971年春天，因"二十四史"的整理工作重新上马，他从湖北干校被调回北京。在那个年代里，他有幸是最早恢复工作的，因此每到重阳或霜降前后，还饶有兴致地和我们一起去香山登高。我们一般都是先在玉华山庄那里拣一茶座，沏上一壶茶，稍事休息。如果有兴致，他就和同去的年轻朋友一起拾级而上。我记得有一次竟然走到了森玉笏。彼时，他已经年逾五十，这在他而言是不多见的。有时我们就在玉华山庄下面的松林餐厅吃顿饭，饭后在香山到处转转，再回城里。记得有次去得晚些，没有在香山吃饭,而是傍晚去了海淀镇上。那时的海淀镇很小,却有不少家饭馆,大概正是霜降季节,我们一起吃了涮羊肉。当然是父亲请客,四五个年轻人足足吃了他一顿。到了八十年代中期以后,父亲的体力渐差,虽然他和母亲一辈人也都去过,但再也没有与我们年轻人为伍了。那些年与父亲一起登高的日子让我永远怀念。再后来,当年我这一辈的年轻朋友也都老了,每到重阳,不过就是到景山万春亭上去眺望一回罢了。

八十年代末,我与吴小如先生见面较多,都是我去中关园拜访他,一起聊戏,十分欢愉。大约是1990年重阳前后,忽然收到吴先生寄给我的一个大信封,里面装了一幅他写给我的杜牧《九日齐山登高》,楷书遒劲,极有乃父之风范,是吴先生墨迹中的精品之作。落款"赵珩同志正之,吴小如"。杜牧这首登高诗意境高远,心态豪迈超脱,不以惆怅余晖而悲戚,愉悦与豁达跃然纸上,这也体现了吴先生彼时的心情。后来经我装裱后珍藏,并收入了我的《逝者如斯》一书。

2020年11月15日,也是重阳过后二十天的农历十月初一,应北京天同律师事务所的创办人、首席主任合伙人蒋勇大律师和夫人张晓东伉俪之邀,我与内子参加了在南河沿南湾子3号天同律师事务所举行的一次雅集。

主人蒋勇先生曾长期供职于中国证监会和高法,在法律界是有着很高威望的著名律师。那日应邀的多是法学界的学者精英,只有我与内子纯粹是界外人。恰巧那天在天同正举办一个政法文献的小型展览,于是抵达后先参观展览。其后,蒋勇先生陪我们登上了"无讼"正厅后增建的一层展厅,参观平时常规展陈的法律文献。蒋勇先生十分热情,饶有兴致地一一介绍。正厅有个讲座大厅,他还邀我将来在此做些文化讲座。

南湾子3号院是两座毗邻的三进大四合房相连,西侧紧邻皇史宬;在正院的垂花门上,高悬着"天下大同"匾额,正厅门上就是突出的"无讼"两个大字,这些都体现着天同的宗旨和蒋勇先生的博大胸襟与高远理想。那天重阳才过不久,满院都是盛开的各色菊花。

午宴设在东侧的厢房,显然是蒋勇、晓东伉俪精心安排的,用的是西式长餐桌,宾主近二十人,男女主人按照西式宴席的规矩坐在长餐台的两端。桌上插满了盛开的菊花,所有的餐具和菜肴也都是适时当令的。除了丰盛的菜肴,还有几个菊花火锅。最后是每人一只大螃蟹。宾主尽欢,于是相约"待到重阳日,还来就菊花",期待着来年再相聚。

万万没有料到,天妒英才,2021年6月22日,传来蒋勇律师突发心脏病辞世的噩耗,终年仅五十岁。蒋勇的去世,不但为法学界同悲,就是我们与他仅一面之交的人,也感到非常悲痛。他是个有着超凡精力、远大抱负的法学精英,更是位有理想、有胸怀的学人。事发突然,除了在群里悼念,真的不知如何安慰他的夫人晓东。

2021年12月21日,恰逢冬至,没有想到突然接到晓东打来的电话。她说,儿子刚从国外回来,那天她和儿子去了护国寺的"富华斋饽饽铺",看到墙上挂着我写的字,就和老板聊了起来，说是我的朋友，于是老板非常热情，临走将她买的点心都给打了折。晓东说，他们的儿子在国外学艺术史，希望疫情过后，带着儿子来拜访。看到晓东的心境已经平复，我也感到很大的欣慰。我们在电话里聊了很久，但是都没有提起那次难忘的聚会。

重阳，确实是怀念故人的日子。

"文化里的胃"
——怀念沈公

认识沈公有整整二十年了。

三个月之前还在沪江香满楼参加了三联同人为他举办的生日聚餐,只是因为疫情的影响,规模范围很小。除了沈公父女,就是三联几位新领导和与他共事多年的同人,如朱伟、潘振平和郑勇等。扬之水和我也都应邀前来。扬之水当年在《读书》时,也曾是他的麾下,大概只有我是局外人了。我已经很长时间没有见过沈公了,没有想到他竟然衰老成那样,人已经瘦得脱了形,在沈懿的搀扶下,显得那样的憔悴和龙钟,几乎不敢相认了。其实,他的记忆力早在几年前已经不行了,有次我们一起参加某图书颁奖会,我和他都是颁奖嘉宾,坐在一起,聊天时,他竟问了好几次我的年龄。那时,我已经察觉到他真是衰老了。

沈公去后的几天中,网上关于他的消息几乎刷屏,其中有三联的同人故旧,有三联的作者,而更多的则是与他根本不认识的读者。其实,这才是最让人感动的。

也许因我也曾经做过出版工作，是不大喜欢跑出版社的人，因此在二十年中虽在三联出过几本小书，但与沈公接触的时间并不多。即便是相聚，也大多与出版无关。倒是承他之邀，参加过不少次他组织的"饭局"。

2001年，我的一本小书《老饕漫笔》在三联出版，此前也没有想到这本随笔会有什么影响，是孙晓林先生和董秀玉社长给予支持才得以成书。三联为此举办了两场读者见面会，其中第二场就是我与沈公和中央电视台主持人张越在三联书店举行的。那也是我第一次接触到沈公。

虽然没有接触过他，但是沈公的大名确是早已熟悉，从改革开放初期《读书》的创办到后来三联出版的繁荣，他不仅是三联的一面旗帜，也是当时出版界的领军人物。直到他退休之后，都被誉为"出版界的教父"。

沈公是位风趣的人，那次读者见面会是我第一次领略到他的诙谐。那日不知是谁的发明，座谈主题叫"胃里的文化"。但是轮到他发言，他的第一句话就是："你们那个题目太深奥了，我不懂。我不懂什么胃里的文化，我这就是文化里的胃而已。"于是气氛一下活跃了起来。沈公也东拉西扯地说到许多关于吃的趣事。三个人的对谈如同聊天，读者听得津津有味。

沈公爱吃，但算不得真正懂吃，他对吃的要求也不高。有人曾开玩笑地说他"不是在外面吃饭，就是在去吃饭的路上"，虽然有些夸张，但是沈公的很多出版活动确实是在饭桌上谈的。他对吃并不十分讲究，虽然吃得还算宽泛，但是对江南菜和上海菜情有独钟。此后，很多次吃饭，尤其是江浙、上海本帮菜，他常常邀我参加，而每次参加的人也大都不同；可以说是形形色色，各界都有，谈笑间，许多事也就定了。沈公是出版界的帅才，饭桌上，颇有些"谈笑间，樯橹灰飞烟灭"的气概。

2004年的秋天，突然接到沈公的电话，要我赶到隆福寺附近的"娃哈哈"去吃饭，我估计可能是有事相约。果然，他和朱伟又邀了法国国家电视二台的著名栏目《美食与艺术》的撰稿人和制片人蓝风，找我的目的是让我在法国电视二台做一期访谈节目。我们之间的互相介绍都是沈公来穿插导演的。沈公是个急性子，让蓝风第二天就到我家访谈拍摄。我估计似这样的与三联无关的文化活动，沈公做过不少。他是个热心人，也是好事者，促成了不少这样的事。第二天，蓝风在桑德琳（姜文前妻）的陪同下在我家搞了一整天。桑德琳充当翻译，又是谈，又是拍，折腾了很久。蓝风一句中文不懂，我是一句法文不会，而桑德琳的中文又出乎意外地不好，所以沟通有些困难。至于效果如何，蓝风回法国的后期制作，我就不得而知了。我记得，类似这样的事还有，只是一时想不起来罢了。因此，沈公招宴，单纯只是吃饭的并不太多。

沈公在出版界的联系颇广，他有着旧时代出版人的工作作风，但又能适应最新的出版潮流。这种"杂糅"正是他一贯的风格，也与他从小在上海这样的出版环境里成长有着密切的关系。他在退休之后，仍每天背着个双肩背包到三联"上班"，一直关注着出版界的风向和动态，更多的是联络了许多作者和读者，没有一点架子和那种假正经的做派。尤其是他的热心、真诚，更是让许多人都难以忘怀。

我的一位久居英国的老同学曾多次让我给他介绍沈公，想从他那里更多了解七十年代北京朝阳门内大街的内部图书服务部始末。我怕给沈公添麻烦，一直迟迟没有给他介绍。后来经不住他的一再要求，只好给沈公写了封信，让他自己去找沈公谈。没有想到的是，沈公非常热情地接待了他，竟然在楼下的咖啡馆里和他聊了近四个小时。这让我那位老同学极为感动，也让我感到对一位八十多岁老人的歉疚。对于那时的"黄皮书"和"灰皮书"，沈公非常了解，而这些"内部发行"的旧事也只有他最能说得清楚。

沈公主持《读书》的时代正是改革开放、百废待兴的年代，而立于潮头的《读书》也犹如春风，为读者展示了一个全新的世界，为作者开辟了一片全新的土壤。可能当时与他一起工作的同人都能感到他那种独特的工作作风，轻松而愉悦，然而又接触到一个崭新的天地。他的用人、识人也为三联培养了几代优秀的出版人，因此，沈公在三联也受到大家的爱戴。

沈公是个喜欢开玩笑的人，但是又不失于厚道，每在饭桌上他总会自嘲，说些让大家哄笑的段子，但是从来不会背后议论别人之短长或是臧否人物，与他共餐会觉得轻松愉快，正如他所说的"文化里的胃"，也如中医所说的"胃者，受纳之官"，一切营养会于此分解融化了。沈公的胃，"是文化里的胃"，信然。

真正对于吃，沈公并不十分在行，记得那时在东华门大街路南开了家上海本帮菜馆子就叫"石库门"，我曾两次受邀前往，但是做得并不算好，是本帮菜和杭帮菜兼而有之。沈公对这里却颇有好感，经常邀人去小聚，另一个也是就近的缘故。我记得每次最后会有道八宝饭，沈公很喜欢，说做得好。其实，实在是不敢恭维。也正因此，我在旧历年前给他送过两次我家自制的八宝饭，豆沙也是自家制作的，他非常高兴。

三个月前，在为他准备的生日晚宴上，郑勇让我点菜，我是最不喜欢这个差事的，但是为了沈公，无奈为他点了些他会爱吃的东西。那日，沈公吃得很少，在沈懿的帮助下，也都稍微浅尝了些。他的话很少，但是有些事还都能依稀记些。人瘦得很，还能显出腹水的体态，并不像在他离世后大家说的"无疾而终，在睡梦中安然离世"，只是沈公并不谈他自己的痛苦而已。沈公是个永远把快乐留给他人的可敬老人。晚宴结束下楼时，扬之水说，她也很久没有见过沈公了，没想到他变成了这个样子。她问我，沈公大约还有多少时日？我说，大概过不了半年吧。他的离去也是在意料之中的事。

沈公走了，但是那么多人在怀念他，这就足够了。

后　记

当年《老饕漫笔》的出版，得到了三联领导的支持。我还记得《老饕漫笔》出版后举办了两场与读者的见面会，一次是在西单图书大厦，范用老亲自出席，邀请了汪曾祺先生的公子汪朗先生和书评人黄集伟参加。第二场则是在三联书店二楼，有沈公和央视的张越女士出席。小书也获得了董秀玉社长的赏识。

尤其不能忘怀的是《漫笔》的责编孙晓林先生的精心编辑，实际上孙晓林先生直到退休后都一直在关注着这个系列的出版，功不可没。继而是张荷女史参加了《续笔》的编辑工作。后来，精装的增订本就是如今的责编王竞女史了。

还记得初识王竞是由孙晓林先生的介绍，那时三联因装修暂时搬迁到大佛寺的原北京胶印厂旧址。由于办公条件逼仄，三联很多编辑都挤在原来的厂房中办公。孙晓林将王竞介绍给我，就是在那间大而无当的办公室里。我们坐在高凳上，一起喝了杯咖啡。此后，"老饕"系列的一应事务就都交给了王竞。

王竞是位非常敬业和负责的编辑，对于书稿十分认真，也不断催促我写出《三笔》，可以说，没有王竞的帮助，《三笔》的完成不知会拖到何年何月。在此，要对王竞致以衷心的感谢。

《老饕漫笔》的书名题签是王世襄先生写的，《老饕续笔》是由黄苗子先生写的，这次的《老饕三笔》经上海著名法文翻译家，并且也是美食家的周克希先生欣然赐题，也是非常荣幸的，在此对周先生致以衷心的感谢。

同时，也要对所有为这本书付出辛勤劳动的朋友致谢。

2022年6月　赵珩　又及